“제가 말을 해도 듣지 않으니 어쩔 도리가 없군요.
스스로 마음을 다잡을 때까지 기다리는 수밖에 없습니다.”

오직 한 남자만 보는 여자

오직 한 여자만 보는 남자

"호박꽃 같은 웃음으로 홀릴 땐 언제고…… 이 무심한 놈아!"

천하제일 이인자 9

글 : 월영신
그림 : REUM

시드북스

一. 북경을 향하다

북방의 전화는 한순간 멎었다.

파죽지세로 남진하던 북적은 적성에서 멈추고, 쉬지 않고 내달리던 초원의 기마병들은 잠시 말고삐를 죄었다.

하북에는 잠시간 평화가 찾아들었다.

그로 인해 전전긍긍하던 군문의 장수들은 가슴을 쓸어내릴 수 있었다.

초원과 산의 용사들로, 전장의 죽음이 최고의 미덕이라던 그들이 멈춘 이유를 알기 위해 군문에서는 쉬지 않고 전령을 보냈지만 마땅한 이유는 찾을 수는 없었다.

북방 군부의 최고 사령관인 대장군 최세현은 장수들을 불러 놓고 적의 동태를 보고받았다.

덕원이 고개를 숙이며 나섰다.

"적도들이 적성에서 멈춘 이유는 아마도 본국에 큰 혼란이 일어났기 때문 아닐까요?"

"혼란이라니?"

"원래 모래알처럼 뿔뿔이 흩어진 부족들입니다. 약탈로 얻은 전리품의 논공행상에 불만을 품고 여해족이 들고 일어난 모양입니다."

"내분이라, 생각지도 못한 좋은 일이로군."

한편에서 듣고 있던 장수 이윤기가 반박했다.

"막강한 지도력과 응집력으로 공격을 하던 놈들이 고작 작은 부족의 반란으로 혼란을 빚다니 말이 안 됩니다. 아마, 다른 노림수가 있을 것입니다."

"흐음……."

두 무장의 갑론을박에 최세현이 고민을 하자 무장들이 각자 생각한 바를 풀어놓았다.

"수도 없이 나뉘어 있던 북적을 모으고, 국가를 세운 대단한 인물입니다. 분명히 계략이 있을 터이니, 경거망동할 수 없습니다."

"지금까지 밀린 전과를 생각하면, 적의 다음 공격은 더욱 무서울 것입니다. 마땅히 대비가 필요합니다."

우위장군 이윤기를 위시한 무장들이 그렇게 말하자, 이번에는 덕원의 측근들이 나서며 말했다.

"패배는 기습을 마땅히 대비하지 못한 탓이요."

"초원을 뛰노는 무리가 성벽을 넘을 수 있을 리가 없소. 공성전의 경험도 많지 않으니, 쉬운 싸움이 될 것이다."

"흥! 고작 반 시진도 버티지 못하고, 이십 리나 도망친 주제에 어찌 그렇게 당당하게 말할 수 있는가!"

"뭐라고? 감히 본 장군을 무시하는 것인가?"

"북적이라 하나 마땅히 군세와 사기는 우리보다 위다. 이런 간단한 사실조차 알지 못하니, 난해한 병법의 기초라도 익힐 수 있었는가?"

"당시는 상황과 시기가 좋지 않았다. 자신감보다 실리를 택했으니, 누가 감히 나를 몰아붙일 수 있겠소!"

"내가 몰아붙인다."

변방에서 잔뼈가 굵은 우위장군 이윤기와 중앙 출신 덕원의 파벌 장수들이 나뉘어 서로 고성을 질렀다. 언성이 높아지는 장내를 진정시키며 최세현이 우장군 여위황을 불러 물었다.

"지원군의 도착은 언제인가?"

"일 왕야께서 힘쓰신 터라 생각보다 일찍 당도할 것으로 보입니다. 대략 오 개월 안이면 이쪽으로 당도할 것으로 사료됩니다."

"오 개월이라……."

길긴 하지만, 미쳐 돌아간다고 보일 정도로 격했던 황도의 분위기를 생각하면, 상당히 빠른 시간이었다.

"황상 폐하의 윤허가 필요한 일이니, 시일이 걸리지요. 징병에 걸리는 시간에 간단한 훈련까지 감안한다면 짧은 시간입니다. 지원군도 오만에 달하는 대군이니, 그들이 도착한다면 어렵지 않게 북적을 밀어낼 수 있을 것입니다."

"하긴, 쉽게 해결될 일도 아니지. 하지만 각 방의 정예가 아닌 신입들이라니, 걱정이 좀 되는군.”

밀고 내려오는 북적의 수가 이제 팔만을 헤아린다.

숫자만 놓고 보면 대단치는 않지만 몽고병이 주축이 된 북적은 기마술과 궁술이 뛰어나서 병력 운용이 대단하다.

하지만, 오만이라는 군세가 지원이 된다면, 그에 따른 무기와 식량 또한 지급이 된다는 뜻.

당장의 위급을 피하기에는 큰 어려움이 없어 보였다.

잠시 헤아리던 최세현이 입을 열었다.

“마침내 지원이 가능해졌으니, 적을 옥쇄시킬 여지가 충분히 있군.”

“두 배가 넘는 군세입니다. 처음에는 경험이 적어 손해를 봤지만, 시간만 있다면 적을 상대하기는 어렵지 않습니다.”

마음을 정리한 최세현이 좌중을 둘러보며 소리쳤다.

“당분간 맡은 바 자리를 사수하고, 각 장수들은 자중해서 행동하라. 일거에 승부를 볼 것이다. 그때까지는 마땅히 자리를 지키고, 전력을 보존한다.”

몇몇 성미 급한 장수들은 못마땅한 눈치였으나, 대장군의 말이었다.

* * *

무림맹에서 파견 온 무사들로서는 북경에 도착하였을 때 마땅히 할 일이 없었다.

거세게 타오르던 전화의 불꽃은 소강상태에 빠졌고, 병사들은 놀고 있었으니 말이다.

관부와 연이 깊은 진주언가나 하북팽가처럼 좋은 자리를 맡기기도 힘들다. 군부의 사정에 밝은 그들과는 다르게 강호에서 제멋대로 자란 무림인들은 큰 도움이 되지 않는다.

일신의 무공이야 고강하지만 전황에는 큰 도움이 되지 않으며, 성격은 자유분방하니 마땅히 쓸 구석을 찾지 못하고 수뇌부는 한동안 골머리를 썩어야 했다.

고수들이야 손이 달리는 군문에서 어떻게든 처리를 한다지만, 어린 후기지수들은 도무지 쓸 구석을 찾을 길이 없다.

좋은 집안과 문파의 자제나 제자인 그들은 자존심이 높은 반면, 실력과 경험은 일천할 뿐만 아니라 뭉쳐 놓으면 허구한 날 사마맹의 낭인들과 반목할 뿐이었다.

차라리 집으로 돌아가 주었으면 좋겠다는 것이 군부의 생각이었다.

하지만, 황궁에서 먼저 청하여 데리고 왔으니, 공적 나부랭이라도 쥐어 주지 않고는 돌려보낼 수 없어 고심에 고심을 거듭했다.

이런 와중에, 처리 방도를 고안하지 못한 수뇌부는 후기지수들을 안전한 후방에 두는 것으로 일을 일단락 지었다.

제법 병사도 확충이 되었고, 쓸 만한 무사들도 구했다.

더군다나 사마맹에서는 일전의 손실을 만회할 기세로 더욱 많은 낭인들을 싼값에 지원해 왔기에 내린 결정이었다.

문제는 후기지수들이 가만히 있을 리가 없다는 사실이다. 가슴을 졸이며 전장에 왔더니 할 일이 없어 한가한 나날을 보냈으니 말이다.

각지에서 몰려든 터에, 비기를 수련할 마땅한 개인 연무장도 없으니 그들은 좀이 쑤셨다.

하루가 멀다 하고, 후방에서 벗어나 북경 시내를 돌아다니거나, 술을 마시고 연회를 하며 시간을 보냈다.

어찌나 돈을 물 쓰듯 쓰는지 오히려 북경의 고급 주루들은 전쟁 전보다 더욱 큰 매출을 올릴 지경이다.

해가 떨어지기 전부터 작심하고 마셔 대던 백무룡이 거나하게 취한 얼굴로 잔을 들었다.

"으하하하. 이번에는 적도를 삼십이나 베었지. 시간이 조금 더 있었으면 아예 적장을 베어 버릴 수 있었는데, 아쉽군."

"역시 백무룡이군. 나는 이번에 고작 십여 명을 베었을 뿐이야. 다음에는 분발해야겠군."

"난 아직 임무도 받지 못했지. 조만간 나 또한 큰 공적을 올려 가문의 명예를 드높여야겠어."

왁자지껄 떠드는 그들에게서는 전운의 불안감이란 일말도 찾기 힘들다.

몇몇은 그나마 조용히 자리를 지켰지만, 좀이 쑤시는 것을 참지 못하는 기색이 역력했다.

그중 양위천이 벌떡 일어나 거만하게 외쳤다.

"흠! 나는 말이야, 이곳에 와서 오히려 정파의 명예를 드높였지."

"그게 무슨 소린가?"

"이곳에 사파의 잡졸들이 어슬렁거리지 않는가. 마침 나에게 시비를 걸어오기에 본가의 검을 견식할 기회를 주었지."

"하하하. 잘했군, 잘했어. 역시 양위천이야."

한쪽에 앉아 있던 모용진이 자조 섞인 쓴웃음을 지었다.

"미치겠군. 여기에 있는 놈들은 다 명장이라 불러도 손색이 없겠군."

맞은편에 앉아 있던 제갈서유가 말을 받는다.

"하긴 주력도 모조리 빠져나간 상황에서 전투는 무슨 전투. 아버님의 말씀으로는 이미 호평족이 적성으로 모조리 물러갔다더군. 싸움은 멈췄어."

"백무룡 저 녀석이 삼십을 베었다면, 내 손에 장을 지지겠다."

"하긴. 저번에 셋을 채 상대하지 못해서 간신히 살아 돌아온 놈이 무슨 삼십이야? 술병 삼십 개를 아작 냈다면 몰라도 말이야."

"크크크. 맞는 말이야."

도착한 직후, 작은 전투에 참가하긴 했다.

하지만 무공을 체계적으로 익히지 않았음에도 어렸을 때부터 말을 탄 몽고군을 당해 내기란 여간 힘든 일이 아니었다.

질풍처럼 말을 몰고, 거리를 격하고 쏘아 오는 날카로운 화살 때문에 셋을 상대하기는커녕 둘, 혹은 하나마저도 상대 못 하는 후기지수들도 있었다.

어깨를 떨며 웃던 모용진이 문득 허공에 시선을 던지며 말을 꺼냈다.

"우리는 언제까지 이렇게 있을까?"

"……전쟁이 끝날 때까지겠지."

"……지루하군."

"하긴, 여기엔 개인 연무장도 없지. 이목 신경 쓰면서 무공을 수련할 수도 없고……."

왁자지껄하게 떠드는 무리들을 보던 모용진이 짐짓 지나가는 투로 물었다.

"수아는 어디에 있지? 이번에도 남궁 대협을 따라 훈련에 참가했나?"

모용진이 남궁수아를 좋아하고 있다는 사실은 모두 안다. 제법 어른스러운 표정을 지으며 제갈서유가 섭선을 좌악 편다.

"쯧쯧. 모용진, 너는 너무 불쌍하다. 곁에서 보는 내 가슴이 다 아파."

자칭 연애 백단이라 설레발을 치지만, 언제나 자신과 함께했던 제갈서유에게 이런 말을 듣자 모용진은 기분이 나빠졌다.

"내가 어째서 네게 그런 말을 들어야 하지?"

"생각해 봐. 너의 경쟁자는 바로 진백천이야. 자타가 공인하는 괴물이지. 남궁수아가 좋아하는 것도 이해가 간단 말이야? 자고로 여자란 남자의 주머니 사정과 능력에 끌리는 법이니까."

지극히 주관적인 대답이 튀어나왔다. 묘하게 비틀어진 연애관이다. 눈매가 가늘어지는 친우의 눈을 보며 제갈서유가 덧붙였다.

"나만 믿어. 이래 봬도 이 방면에서는 제법 알아주는 유명인이니까."

"이봐, 제갈서유. 그러고 보니 자네가 누군가와 교제를 했다는 이야기는 듣지 못했군."

"하하하! 하긴 내가 좀 비밀스럽게 사귀었지. 근래에만 세 분의 소저들과 함께했으니 말이야. 취앵이, 영란이, 앙앙이. 그녀들은 나를 참 사랑했지."

"어디에서 많이 듣던 이름이군. 내 기억이 맞다면 아마 성하루의 기녀들 아닌가?"

"물론이야. 그녀들이 나를 제법 사랑했지."

의기양양하게 이야기를 풀어놓는 제갈서유를 바라보면, 어쩐지 딱하다는 생각이 드는 모용진이었다.

* * *

북경 근방에 도착한 진백천은 어깨에 커다란 등짐을 메고, 군사가 수둔하고 있는 성의 외각에 난 대로를 따라 걸었다.

"와아. 오랜만이네, 이곳도."

멀리 보이는 풍화와 전란을 겪어 상한 성벽과 보초를 서는 군사들을 보며 진백천이 탄성을 터트렸다.

생각해 보면 가장 처음 전장을 겪은 곳이요, 암울하기 그지없었다고는 하지만, 전생에서 장래를 계획한 장소 아닌가 말이다.

요컨대, 장래 계획을 이곳에서 세웠다는 뜻이다.

"더럽고 추저분한 장소에서 장래 계획을 세웠으니, 내 인생이 이 모양 이 꼴이었지. 이제는 다르다."

주먹을 불끈 쥐며 열의를 불태우려던 진백천이 유설영을 떠올리며 추욱 어깨를 늘어트렸다.

"필요 없어. 어서 돌아가!"

그렇게 자신을 거부하는 유설영의 모습은 충격이었다.

유설영은 진백천의 미래이자 꿈이었다.

한마디로 꿈과 미래가 폭삭 내려앉는 충격을 받았단 말이다.

오는 내내, 정신을 추스르기 위해 애를 썼지만, 여전히 나아질 기미는 보이지 않는다. 터덜터덜 걸어가던 진백천이 동쪽 관문에서 멈춰 섰다.

시무룩함이 가득한 눈을 들어 관문을 바라봤다.

"하, 여기는 그대로구나."

돈 갚으라고 들이닥친 흑도인들이 다짜고짜 끌고 온 게 바로 이곳.

"네 여동생을 팔아넘기고 싶지 않으면, 죽을 때까지 싸워라."

변변찮은 갑옷은커녕, 이가 빠진 창을 쥐어 주며 나를 전장으로 내몰았었지.

이후, 피 튀기는 삶의 연속이었습니다. 아니, 가끔은 암살도 하면서 지냈지요.

부업으로 청부 살인이나, 떼먹은 돈도 받았어요.

머릿속에서 경쾌하게 떠들어 보지만, 오히려 의욕은 감퇴된다.

"으…… 추억은커녕 비위 상할 일들밖에 없었어."

역시 설영이가 있어야 해.

달빛 아래 고고히 빛나던 웃음을 보았기 때문에 세상이 메마르고 잔인한 가운데 살아 있을 의미를 발견했으니까.

"좋게 좋게 생각하자. 단지 시간이 필요할 뿐이라고 했잖아."

웃음과 함께 가슴에서 번져 나오던 행복이란 이름의 격류를 떠올리자, 진백천의 눈에 급격하게 생기가 떠올랐다.

완전히 헤어질 것도 아니잖아.

요컨대 갱년기지. 아니, 권태기인가?

아무래도 좋다. 언젠가 만날 수 있다면 끝까지 기다릴 만큼의 인내심은 있는 자신이다.

남들은 집요하다느니, 인간의 상식을 아득히 초월했다느니 험담을 하지만 진백천은 당당했다.

막여령도 말하지 않았는가. 언젠가 어느 장소, 어느 하늘 아래 다시 재회하게 될 것이라고.

'혹시 네놈의 진면목을 보면 설영이가 도망갈 우려가 있으니, 좀 자중하고 살아라. 벌어지기만 하면 화를 부르는 주둥이를 닥치는 법도 익히고…….' 따위의 사족이 붙었지만, 제 좋은 말만 듣는 능력이 있는 그는 마지막 한마디에 집중했다.

"그동안 너는 너만이 할 수 있는 일을 하여라."

할 수 있는 일이라면, 꽤 많았다.

주업이 살인이었고, 부업이 공갈 협박이었으니까.

다른 데서는 천대받지만, 전장에서만큼은 빛나는 재능이 아닐 수 없었다.

기운을 차린 진백천이 허공을 향해 손바닥을 쫙 폈다.

"그래! 가 보는 거야!"

지나가던 행인들은 허공을 향해 만세를 불러 대는 진백천에게서 멀어지며 수군거리기를 멈추지 않았다.

* * *

전선이 고착되고, 전쟁이 멈췄다고는 하지만 완전히 끝난 것은 아니다.

특히 문제가 되는 이들은 호평족이다. 평원을 삶터로 삼는 몽고족들은 언제나 병기를 휴대하고 다녔고, 한곳에 정착하여 살지 않는다.

이는 적들이 어느 곳에 숨어 반격의 기회를 노릴지 모른다는 뜻과 다르지 않다. 딱히 적의가 없다고 하더라도 위협을 느끼면 전사로 돌변한다.

오랫동안 북방의 요지에서 관록을 쌓아 온 최세현이 이를 모를 리 없다.

적성과 북경 사이의 주도권을 쥐기 위해 군사를 끊임없이 파견하는 것도 이런 맥락에서다.

젖은 수림으로 가득한 대지에서 날카로운 파공성이 울렸다.

핑! 핑! 핑! 핑!

앞쪽에서 걸어가던 몇이 고꾸라지며 피를 뿌리자, 병사들이 깜짝 놀라며 각자 병기를 뽑아 들었다.

"적의 매복이다!"

챙! 챙! 챙! 챙! 챙!

검을 빼 들고 달려 나가며 장수 원교가 소리쳤다.

"적의 수는 많지 않다. 당장 섬멸해 버려!"

우와아아!

장수의 외침에 군사들이 창과 도를 앞세워 앞으로 돌격했다.

수풀과 나무 뒤에 숨어 있던 적병들이 튀어나와 가장 앞서 달려가던 이들에게 창을 들었다.

뛰어넘으려 했다.

하지만, 너무 늦었다.

"으악!"

그들은 각기 말과 함께 한 덩이가 되어 진창을 구르며, 비명을 질렀다.

낙마한 이들은 말에 깔리거나, 달리던 기세에 갑주의 무게까지 더해져 두 번 다시 일어나지 못했다. 원교가 수하들을 독려하며 앞쪽으로 말을 몰아 달려 나갔다.

뾰족하게 다듬은 목책을 베고, 창을 후비며 부하들을 독려했다.

"목책을 정리하고, 창병을 앞으로 보내라!"

뒤늦게 달려온 창병이 목책 사이로 창을 찔러 넣자 적병들이 목책을 놓고 물러섰다.

장애물이 없어지자, 기마병이 막 앞쪽으로 돌진하려 자세를 잡았다.

하지만, 이번에는 화살이 중구난방으로 날아들었다.

평원의 전사들이 자랑하는 마궁술이다.

말을 질풍처럼 내달리며 조잡한 활을 쏴 댔지만, 어찌나 신출귀몰하게 말을 몰아 가며 정확히 쏘아 대는지, 갑주의 이음새 사이로 여지없이 화살이 파고들며 군사들을 낙마시켰다.

"으아악!"

"적병이 뒤쪽에도 나타났습니다!"

"전후좌우에서 활을 쏩니다. 명을 내려 주십시오!"

다행히 화살에 실린 힘이 강하지 않았지만, 오백여 군사들은 당황하여 어찌할 바를 몰랐다.

"당황하지 마라! 적은 많지 않다!"

원교가 악을 쓰며 부하들을 독려했다.

그때, 숲에서 날카로운 살기가 번뜩였다.

화살이었다.

"으헉!"

헛바람을 삼키는데, 곁에서 섬광이 번뜩였다.

"괜찮으십니까, 원 장군?"

"휴, 남궁 대협이었구려."

바닥에 나뒹구는 화살을 보며 가슴을 쓸어내린 원교가 남궁청에게 감사를 표했다.

"쇠뇌…… 결국 이런 작은 마을까지 쇠뇌가 보급이 되었군."

"더 이상은 위험합니다. 제가 길을 내 보겠습니다."

말을 박차고 남궁청이 튀어나가자 그 뒤를 밀영대 여덟이 따라붙었다.

그 안에는 경갑을 차려입은 남궁수아 또한 끼어 있었다.

날아오는 화살을 검으로 쳐 내며 돌진하는데, 기세가 무척 날카롭다.

조잡한 활로는 도무지 상대가 되지 않는다.

쉬릭!

황급히 곡도를 빼내며 상대를 했지만, 남궁청이 더욱 빨랐다.

솜씨 좋게 두 기마병 사이로 말을 몰아 스쳐 지나가자, 남궁청의 어깨너머로 뒤늦게 비명을 지르며 몸을 뒤집는다.

"한 축이 뚫렸다. 역공이다! 당장에 산개하며 공격해!"

예상치 못한 남궁청과 밀영대의 공격에 당황하는 사이, 혼란을 수습한 원교의 군사들이 각자 전방으로 내달렸다.

우와아아아.

기세를 회복한 군사들이 밀려들자 적은 하나둘 바닥에 몸을 뉘었다.

도망치는 적을 멀리 몰아내고 돌아온 후, 남궁청이 피해자들을 슬픈 눈으로 바라보았다.

"피해가 생각보다 막심하군요."

"애초에 지형과 지물을 이용하는 데 탁월하고, 개인의 능력이 병사보다 뛰어나니 어쩔 수 없지요."

검을 수습하며 남궁청이 고개를 끄덕인다.

잠시나마 전장에서 생활하고 나니, 이해가 가는 바였다.

강호에서야 일신의 무공을 최고로 치나, 집단전은 자신이 알던 싸움과는 궤를 달리했다.

둘을 상대하는 것은 기본이고, 서넛을 상대해야 하는 경우가 다반사였다.

지형지물을 이용하면 무공을 익힌 자들도 목숨이 위협받을 정도로 허를 찔리니 도무지 정신을 차리지 못할 지경이다.

“전장에서는 한 자루의 벼린 검보다, 열 자루의 무딘 검이 훨씬 도움이 되는군요.”

“남궁 대협의 말이 맞소. 수적 차이는 극복하기 힘들지요. 천 명으로 백 명을 상대하기는 어려울 수 있으나, 만 명으로 천 명을 상대하기는 무척 쉽습니다. 단순한 머릿수와 배율에서 오는 차이가 아니라, 보다 많은 전략이 운용 가능하고, 상대방을 위축시키기 때문이지요.”

어쩐지 정체되어 있던 무공의 벽을 뚫는 돌파구가 될 것 같은 말이다.

아직 머릿속에 맴도는 안개는 걷히지 않았지만 남궁청은 서두르지 않았다.

“스스로의 검을 갈고닦는 것이 최고라고 배웠지만, 꼭 그런 것만은 아니군요.”

“전쟁이란 그런 것입니다.”

이 젊은 검수에게 호감이 있는 원교가 마음을 쓰며 대답했다.

“동생분께서는 괜찮으시겠습니까?”

처음에는 걱정을 많이 하던 원교도 매서운 실력을 보여 주는 남궁수아를 인정했다. 하지만 자신의 딸자식과 같은 나

이인 그녀가 전장에 있는 것이 못내 신경 쓰이는 모양이다.

원교의 따뜻한 말에 남궁청이 슬며시 미소를 지었다.

"제가 말을 해도 듣지 않으니 어쩔 도리가 없군요. 스스로 마음을 다잡을 때까지 기다리는 수밖에 없습니다."

* * *

정파의 고수들이 무장의 곁에서 호위나 전력을 충당하거나 협조하는 위치라면, 사마맹의 낭인들은 주로 돌격을 하는 쪽이었다.

커다란 성과 마을이 좁다 하고 설쳤던 그들은 마치 물 만난 물고기처럼 평야를 내달리며 개싸움을 했다.

"이야야야! 이 개자식들, 뒈져라!"

"으헉!"

양손에 귀두도를 휘두르며 무지막지한 괴력을 발휘하던 사내가 말을 타고 달려오는 적병에게 도를 던졌다.

"커헉!"

적병이 말 위에서 몸을 뒤집으며 쓰러지자, 반대쪽 손에 쥔 도로 말 목을 잘라 내며 광소했다.

"으하하하! 본좌가 바로 양인도이니라!"

광소하던 그의 곁을 스치며 적병이 곡도를 휘둘러 왔다. 깜짝 놀라 몸을 뒤틀었지만, 어깨에 커다란 자상이 나고 말았다.

피가 튀었지만, 도리어 인상을 찌푸리며 양인도가 자신을 베고 지나간 적병을 뒤쫓았다.

"형님! 조심하십시오!"

복수에 정신이 팔린 양인도를 향해 외치며, 작은 체구의 사내 동화가 단도를 날렸다.

파공성과 함께 날아간 단도는 상대를 격살하진 못했지만, 말의 머리와 목에 박혀 적병을 떨구는 데는 성공했다.

"이 새끼들! 어디서 뒤를 노려!"

화가 난 양인도가 되돌아와 귀두도를 도끼로 장작 패듯 휘두르며 바닥에서 일어서려던 적병을 무참하게 내리찍었다.

구슬픈 비명과 함께 바닥에 몸을 뉘는 그들에게서 등을 돌린 양인도가 두 눈을 부릅떴다.

"개새끼! 나 베고 지나간 놈 어디 있냐?"

전장은 완전히 난장판이었다.

간단하게 교육을 받기는 했지만, 군문이나 관부보다 훨씬 자유롭던 강호에서도 답답함을 느끼던 그들이 조용히 들어 먹을 리 없다.

배운 것은 잊어 먹고 돌격만 반복하니, 사마맹의 낭인들 치고 제대로 된 꼴로 서 있는 이들이 없었다.

온몸에 피 칠갑은 기본이고, 다친 자들은 덜렁이는 팔과 다리를 질질 잡아끌며 끝까지 싸우고 있었다.

전체적인 실력은 아무래도 말을 탄 적 기마병들이 좋았다.

하지만, 낭인들은 끈질겼다.

하나가 부족하면 둘이, 둘이 부족하면 넷이 덤벼 말 탄 이를 끌어내리고 곤죽을 만들었다.

"쌍!"

"갈고리 던져!"

"으리아압!"

동추를 들어 말을 때리고, 모래를 뿌리며, 심지어 채찍이나 갈고리를 걸고 말 아래로 끌어내리자 제아무리 뛰어난 이라도 버틸 재간이 없다.

바닥으로 끌어내려진 후에는 일방적인 도륙이 시작됐다.

나름대로 험한 사파의 인물들이다.

말을 타면 모르지만, 짧은 곡도만 들고 바닥에 선 채로 상대하기는 버거운 상대였던 것이다.

"끄아아악!"

"으어어억!"

여기저기서 비명이 메아리치고, 싸움이 시작된 지 반 시진이 채 되지 않아 적들은 줄행랑을 놓았다.

그 뒤를 양인도가 뒤따르려다가 동화의 제지를 받고는 제자리에서 길길이 날뛰었다.

"이 자식들아! 나한테 칼침 놓은 새끼 두고 가란 말이다! 돌아와! 돌아오라고!"

크아아악! 허공을 향해 부르짖더니 시체를 걷어차며 성을 내는 양인도를 만류하며 동화가 재촉했다.

"형님, 그만두쇼. 이미 이겼소."

"이기긴 개뿔. 고작 반수밖에 못 죽였잖아."

"제발 정신 좀 차리쇼. 적은 고작 스무 명 죽였는데, 우리는 이미 칠십 명이 뒈졌소."

그 말에 퍼뜩 정신이 든 양인도가 고개를 갸웃거렸다.

"언제 그렇게 많이 죽었냐?"

"형님이 대가리 큰 말 탄 놈 쫓느라고 정신이 팔린 사이 화살에 맞고 다 뒈졌소. 이제 우린 삼십도 안 남았수다."

"쯧, 부실한 놈들."

"그러게, 꼭지 돌아 돌격하는 것 좀 그만두라고 말했잖소?"

"괜찮아. 죽은 놈들은 광수에게 이야기해서 또 충원하지, 뭐. 한 은자 열 개 쥐어 주면, 서른 명 정도 나눠 주지 않을까?"

손사래를 치는 양인도를 보며, 동화가 이맛살을 찌푸렸다.

"이번에도 피해가 크면 경을 치겠다고 팽가 놈이 그랬는데……."

"빌어먹을 정파 새끼! 빌어먹을 팽가 놈! 제 놈이 장수면 말이나 탈 것이지, 왜 나한테 시비야?"

"그러게, 애초에 좀 더 경각심을 가졌다면……."

"크아악! 어깻죽지야! 빌어먹을! 칼침 놓은 새끼, 돌아와!"

듣지 않고 여전히 화를 내기에 충실한 양인도를 보며 동화는 한숨만 쉬었다.

* * *

의욕이 생겼던 정신머리가 다시 오뉴월의 햇볕 아래 말

라 가는 불가사리처럼 시드는 데는 오래 걸리지도 않았다.

북경에 비로소 발을 들여놓은 진백천이 주위를 두리번거렸다.

“성의 외각도, 빈민촌도 여전하구나.”

그런데.

“……난 어디로 가야 하지?”

한동안 멈춰 서서 멍하니 있던 진백천이 과거의 기억을 떠올렸지만 도움이 되지 않는다.

하긴, 예전에 왔을 때는 전쟁에 대한 두려움에 정신이 없었으니까.

개처럼 창을 쥐어 주고 내몰았기 때문에 배치니 임관이니 하는 귀찮은 절차도 없었다.

아무리 상천신공이 천하에 짝을 찾기 힘든 신공절학이라고 한들, 모르는 기억을 만들어 낼 정도는 아니니까.

결국, 어깨를 늘어트린 진백천이 지나가는 관병을 잡고 물었다.

“저기. 무림맹에서 왔는데, 자대 배치를 받으려면 어느 쪽으로 가야 하나요?”

관병은 창을 어깨에 기대고는 한쪽을 가리켰다.

“늦었군. 무림맹의 파견 무사들은 이미 오래전에 도착해서 편성이 끝났다.”

“저…… 그럼, 어쩌지요?”

“우는 얼굴 하지 마라. 고문탁 님께서는 강호에 관계된 대소사를 처리하시지. 그분을 찾아가면 뭔가 수가 생길 거다."

"감사합니다."

고개를 숙여 감사를 표한 진백천이 열심히 발걸음을 옮겼다.

"그래…… 자네가 무림맹에서 온 무사라고?"

"그렇습니다."

고문탁은 강팍한 인상의 중년인이었다.

그는 진백천이 내민 추천서를 보며 탐탁지 않은 기색을 훤히 드러냈다.

"궁술 대회 우승자라……."

"처음 열린 궁술 대회에서 우승을 했지요. 일시괴동이라는 별호도 얻었답니다."

"흐음, 무림맹에서 궁술 대회를 연다는 사실은 처음 듣는군."

"처음 열렸거든요."

"그렇군. 흠."

그는 뒤늦게 도착해 추천장을 들이미는 진백천이 마음에 들지 않았다.

너무 어린 데다가 보잘 것도 없다. 태양혈도 밋밋하니 내공도 없어 보인다. 아무리 살펴도 무공은커녕, 동네 꼬마도 당해 내지 못할 것 같다.

물론 우승자라고 하면 꽤 괜찮은 실력일지도 모른다.

하지만 궁술이 천하다며 멀리하는 무림인의 습성상 얼마나 뛰어난 실력인지는 잘 파악이 되지 않았다.

무공이 약한 것은 둘째치고, 일단 외모부터 신용이 가지 않았던 것이다.

누더기로 의심되는 의복에 등짐장수처럼 커다란 짐을 이고 있는 모습에서 고수의 면모는커녕, 동정심이 피어오른다.

'가축한테 칼을 쥐어 주더라도 이런 녀석을 쓸 수는 없지.'

어떻게 거절을 할까 걱정을 하고 있는데 아이가 불쑥 머리를 내밀었다.

"어느 쪽으로 가면 되는 걸까요?"

고문탁이 미간을 문질렀다.

'어디 가서 놀면 될까요?'

그 모습이 천진난만한 꼬마 아이가 이렇게 묻는 것 같아서였다.

"그래, 네 출신은 어디냐?"

"남궁세가…… 일까요?"

"남궁세가? 남궁세가는 검술의 명문이지. 궁술을 배웠다고 하지 않았나?"

"검도 배웠지요. 궁술은 부업입니다."

"부업으로 배운 것치고는 실력이 제법인 모양이구나."

"하하하. 살아가는 데 하나만 해서 먹고살 수가 있나요?"

"그 외에 뭔가 다른 부업도 있느냐?"

"검과 궁술을 제외하면, 문종문에서 글을 배웠고, 제갈세가에서 진법을 배웠으며, 소림사에서 요리 좀 배웠고, 당문에서 독 좀 만졌고, 하오문에서 상술과 사기 치는 법, 승마술도 배웠고……."

이어지는 말에 결국 고문탁은 점점 어이가 없어졌다.

'별별 유명한 문파는 다 들먹이는군. 아니, 근데 소림사에서는 권장술을 배워야지, 요리는 왜 배운 거야? 사기 치는 법까지 배운다니, 이놈은 머리가 좀 이상하군.'

허풍을 들어 줄 만큼 시간이 많지 않은 고문탁이 말을 잘랐다.

"그만, 그만. 잘 들었다. 이야기를 듣자 하니, 공부는 제법 한 모양이구나."

"그렇습니다. 제가 한때 신동이라는 소리 좀 들었지요."

"네 능력을 알겠다. 하지만 보다시피 전쟁이 소강상태다. 마땅히 자리가 없으니, 너는 돌아가 부름이 있기까지 기다려라."

축객령에 졸지에 문밖까지 밀려나게 된 진백천이 난감한 표정을 지었다.

* * *

"미치겠네."

늦게 왔으니, 환대를 받을 것이라고는 예상하지 않았지만, 쫓아낼 것까지는 없지 않은가.

날짜를 헤아리던 진백천이 인상을 썼다.

"곧 적의 총공세가 펼쳐질 텐데 어쩐다……."

잘 버티던 북방군이 밀린 이유는 크게 세 가지다.

첫째가 우중추를 너무 낮게 본 것이요, 둘째가 대회전에서 패한 것이며, 셋째가 흑사련의 가담 사실을 알지 못하여 수뇌부들이 다수 죽임을 당했기 때문이다.

이중 진백천이 도움을 줄 수 있는 부분은 두 번째와, 세 번째다.

대회전은 자신의 전쟁 수행 능력이면 어느 정도 대응을 할 수 있고, 흑사련의 암습이야 조기에 차단하면 되었다.

하지만, 우중추를 낮게 보는 바는 어찌할 수가 없는 일이었다.

걱정은 성내를 돌아다니며, 이곳저곳을 둘러볼수록 더욱 확고해졌다.

주루와 시전이 너무나 번화하다.

군졸들이 대낮부터 술에 취해 행패를 부리는 모습이나, 시시덕거리며 대로를 활보하는 장수들의 모습은 찾기 어려운 것이 아니었다.

조만간 십이만 대군을 이끌고 내려올 우중추를 상대하기는 너무나도 모자란 모양새다.

"이러니까 침공에 하루아침에 쑥대밭이 됐지."

전생에선 단합된 초원의 힘에 천하가 몸서리를 쳤다.

대비를 하지 않은 채, 머릿수만 채우고 안도하던 북방군이 패하는 데 걸린 시간은 불과 한 달이 채 되지 않았다.

명장이라 자처하던 자들은 패장이 되었고, 정예는 패잔병이 되어 낭패한 모습으로 도망치기 바빴다.

성벽 아래 시체의 산과 피의 강이 흐르고 나서야 적의 무서움을 깨달게 되었다.

하지만 그땐 이미 늦어 있었다.

패배의 여파로 철혈 황제가 실권에 큰 타격을 입고 침묵했으며, 민심이 흉흉해져 자신의 죽음 직전까지 복구를 끝마치지 못했으니 상상도 못 할 피해를 입었다고 하겠다.

"대비를 지금부터 해도 부족한데 놀고 있으니…… 뭔가 방도를 생각해 내야겠어."

손가락을 튕긴 진백천은 도움을 받을 만한 사람을 찾아갈 필요성을 느꼈다.

* * *

계속되는 기습으로 인원이 적잖이 상했지만, 전황은 전체적으로 양호한 편이었다.

제장들을 불러 놓고, 탁자에 커다란 지도를 펼쳐 놓은 최세현은 나쁘지 않다고 생각했다.

"적성까지 적들은 대부분 쫓았군."

"피해가 적지 않습니다. 특히 기습에 큰 타격을 입었습니다."

"지형이 험하니 어쩔 수 없지. 아직 유목민들이 몰려들지는 않았겠지?"

"우중추가 하북까지 자신들의 땅으로 선포하면서 유목민을 대거 유입시키려는 움직임이 보입니다. 아직까지 이주가 시작되지는 않은 것을 보면, 그들 사이에 문제가 생긴 것은 확실하다고 생각됩니다."

"여전히 적들은 반목한다고 하나?"

최세현의 물음에 덕원이 나서며 말했다.

"자세한 사항은 아직 알기 힘들지만, 그들 사이에 내분이 본격화된 것은 확인되었습니다. 호평족과 여해족의 교전 소식이 간간히 들려오고 있습니다."

장내의 장수들은 가슴을 쓸어내렸다.

충원이 이루어졌다고는 해도 조련을 시키는 일은 꽤 버거운 일이다.

특히 지금처럼 일손이 딸리는 상황에서는 더더욱.

시간을 벌었다는 말이 이처럼 달콤하게 들리는 이유는 바로 이 때문이었다.

"시간이 지나면 지날수록 본 군은 강해지고, 적은 약화되겠으니 이보다 좋은 일이 어디에 있겠습니까?"

덕원의 고양된 어조에 이윤기의 파벌 장수마저 수긍할 정도였으니, 그들이 느끼는 안도감이 대단하다는 반증이리라.

한결 완화된 분위기 가운데 덕원이 나서며 안을 제시했다.

"대장군. 일단 충원이 이루어졌으니, 그간의 일을 정리해야 합니다."

"그간의 일이라니?"

"지금까지는 당면한 일이 위급하여 군의 기강에 크게 신경을 쓰지 못했습니다. 지금이야말로 엄륭 장군을 축출할 때가 아닌가 생각됩니다. 엄 장군은 사마맹의 자금을 받아 사사로이 유용하였고, 그들과 결탁하여 좌 장군 팽파주 님과 반목하였습니다."

"이미 죄를 스스로 청하고 물러난 이를 어쩌란 말인가. 또한, 엄씨 문중은 대대로 나라에 충성해 온 명장의 가문이다."

"이 상장의 말은 이해하지만 당시에는 어쩔 수 없는 상황이었네."

당사자인 팽파주마저 만류하자 이윤기는 어쩔 수 없다는 듯 물러섰지만 마지막까지 불복의 눈빛을 그치지 않았다.

* * *

회의가 파하고 최세현이 팽파주를 불렀다. 머리가 희끗해져 가는 팽파주는 오랜 지기로서 근신을 청하고 물러난 엄륭과 함께 죽마고우라 할 만했다.

최세현이 어조를 부드럽게 하며 입을 열었다.

"파주, 자네는 어떻게 생각하나?"

"무엇을 말인가?"

"엄륭의 일 말일세."

"어쩔 수 없는 일이었지. 엄륭이 직접 일을 도모하기는 했지만, 그가 아니었다면 나라도 사마맹에 빌고 싶은 심정이었을 거야."

초기의 전쟁은 너무나도 일방적이었다.

압도적인 무력으로 밀고 들어오는 몽고와 말갈의 연합군에 대번에 성이 깨지고 진책이 불탔다.

황도의 원조와 보급마저 끊어진 상황에서 선택권은 많지 않았다.

"엄륭이 물러나자 이윤기와 덕원이 치고 들어왔지. 한번 권위를 맛보았으니 쉽게 물러서려 하지 않을 거야."

"음……."

팽파주는 고개를 끄덕였다.

아직 젊은 그들이다. 피가 끓는 젊은 장수들이 이윤기와 덕원을 지지하고 있다.

이렇게까지 엄륭과 같은 충신 가문이 밀리고 젊은 장수들의 세력이 불거지게 된 데는 초반의 치열한 전투에서 맹장들이 전사했던 이유가 컸다.

"내가 죄를 짓겠네. 후일을 부탁하네."

스스로 죄를 청하며 물러난 친구에게 어떻게 죄명을 씌운단 말인가.

이는 팽파주 또한 이해하는 바였다.

서로 친분을 깊이 나누었던 그들이 어찌 모르겠는가.

"어쩔 수 없지. 사마맹과 결탁하여 병력들을 기용한 시점에서 엄륭을 다시 불러들일 명분을 잃었어. 특히 지금은 무림맹과 사마맹의 무사들이 기 싸움을 하고 있는 실정이니 어쩔 수 없지. 황명으로 불러들인 무림맹의 손을 들어 줘야 할 때니까. 다만, 대대로 명장을 일궈 낸 가문을 이렇게 가게 할 수는 없네. 엄천진과 엄희연, 두 아이를 내 밑에 두고 싶네."

친우의 의중을 짐작한 최세현이 고개를 가만가만 끄덕였다.

"마침 조만간 불러들인 무림맹의 무사들에게 공적을 쌓을 기회를 주려고 했지. 적들의 내분이 본격화되면 그 틈을 타서 적성과 북경의 접근 지대를 청소해야겠어. 그때, 자네들이 강호의 무사들을 이끌어 주게나."

"알겠네."

* * *

호평족의 족장 우중추는 큰 키와 넓은 어깨에 잘 짜인 몸을 가진 장년인이었다.

젊은 나이에 작은 부족의 족장에서 북방을 아우르는 패자로 자라날 수 있었던 데는, 신력에서 나오는 절륜한 근력과 혜안이 가득 들어찬 두뇌가 있기에 가능했다.

체계적으로 전술을 익히거나 한 것은 아니나, 우중추는 직감과 통찰력이 뛰어났다.

동물적인 감각으로 수많은 전투를 겪으며, 살아 있는 병법과 전술을 스스로 고안해 냈다.

이를 바탕으로 수차례 벌어진 크고 작은 전투에서, 수적 열세와 병기의 부족을 패기와 지략으로 메울 수 있었으며, 모래알처럼 흩어진 부족을 휘몰아 신과 같은 추앙을 받아 낼 수 있었다.

또한, 강렬한 기도를 바탕으로 상대를 압도하는 지도력과 상대의 의중을 꿰뚫는 언변까지 갖추니 과연 당대의 영웅이라 칭할 만하였다.

근래에 정복한 성과 영토에서 나오는 재물이 적지 않았지만, 절대로 현실에 안주하는 우를 범하지 않는 현자이기도 했다.

갑옷은 여전히 손때가 묻은 그대로였으며, 병기 또한 처음 군사를 일으킬 때와 같은 낡은 것이었다.

낡긴 했지만, 예기가 날카로운 창을 다듬으며 우중추가 호안만을 움직여 단 아래 부복하고 있는 흑의인을 내려다본다.

"적들의 반응은 어떤가?"

"아직 본 군의 저의를 알지 못해 우왕좌왕하고 있습니다. 실제로 여해족이 들고일어났으니 그들로서는 시간이 흐르기만 기대하겠지요."

"중원이 이루어졌다고 들었다."

흑의인은 어렵지 않게 금방 대답을 내어 놓는다.

"조련도 끝마치지 않은 오합지졸은 허수아비에 창을 쥐어 준 꼴과 진배없으니 병사가 늘었다고 걱정할 필요가 없고, 명장이 존재치 않으니 그마저도 운용이 힘든 실정입니다. 대왕께서는 심려하실 필요가 없습니다."

명쾌한 어조지만 우중추의 안색은 펴지지 않았다.

"내가 걱정하는 것은 무림맹이라는 단체야. 중원에는 자고로 스스로의 강호에 사는 자들이 있어 개개인의 무공이 크게 뛰어나고, 이해가 불가한 족속들이 많다고 들었지."

"검이 아무리 날카롭다 한들 사사로운 싸움만 일삼는 족속들입니다. 어지간한 능력으로는 갑주를 뚫지 못할 것이니 전쟁에서 크게 쓸모가 없습니다. 무림의 무리들이란 개개인의 실력은 뛰어나나, 가진바 성격이 편협하고 독선적이라 뭉치지 못하는 경향이 있습니다. 보법이 주가 되어 펼치는 무공은 기병을 상대하기에는 쉽지 않고, 경험이 일천하여 전장과 사사로운 다툼 사이의 명분과 실리를 얻는 방도가 크게 다름을 알지 못합니다. 고로 전황을 바꿀 정도의 힘은 되지 못합니다."

유려한 어조로 말을 이어 가던 흑의인이 남쪽을 가리켰다.

"오히려 남쪽의 겁쟁이들 사이에서 대왕이 두려워, 무뢰배들을 군문에 끌어들였다고 불평의 목소리가 흘러나오고 있다고 합니다. 이는 열 가지 중 아홉 가지가 해악한 것을 선택했음을 증명하는 것이 아니고 무엇이겠습니까?"

"갑주와 말을 탄 우리들을 상대할 자들이라고는 생각지 않는다. 하지만, 정말 대단한 전사들도 상당수 있지 않은가. 벌써 나의 위대한 전사들이 제법 죽었다. 전황을 바꾸지는 못하더라도 손을 쓰지 않는다면 인재가 부족한 우리에게 좋지 않아."

"수일 전, 본 련에서 고수들이 도착했습니다. 무림맹의 무사들과는 격이 다른 정예들이니, 지금처럼 피해를 입는 일은 현저히 줄어들겠지요."

"자네 정도의 실력이라면 강호에서 얼마나 되겠는가?"

흑의인이 이빨을 드러내며 대답했다.

"최고 중의 최고라고 할 수 있지요."

"마음이 놓이는군."

그제야 만족한 우중추가 의자에 몸을 깊숙이 기댔다.

스스로를 련에서 나왔다며 다가온 흑의인은 참으로 대단했다.

재력과 일신의 실력이 뛰어날 뿐만 아니라, 계략도 훌륭하여 몇 번의 고비를 넘을 수 있었다.

"좋군. 그렇다면 지원군이 도착할 때쯤이면 일이 끝나 있겠지?"

"적의 지원군이 오기까지는 오랜 시간이 걸리지만, 차근차근 적을 무너트리면 됩니다. 저희가 포섭한 장수들을 일으키고, 본 련의 정예로 수뇌부를 요격하면, 그들의 지휘부는 자중지란에 빠질 테지요. 그때, 대병을 일으켜 대왕께서 진격하신다면, 북소리 징 소리만으로도 북경을 손에 넣으실 수 있을 겁니다.”

유수와도 같이 흘러나오는 계략에 우중추가 크게 웃으며 단 아래까지 걸어 내려가 흑의인을 일으켜 세웠다.

“하하하! 좋군, 좋아. 역시 군사야. 내 그 말을 믿고 따르지.”

二. 북상찬명대

소문으로만 들리던 호평족의 내분 소식은 보다 현실적으로 다가왔다.

이미, 적성 너머 빼앗긴 대지에서도 호평족에 반기를 든 여해족이 공공연히 우중추를 탓하며, 전력을 끌어모으고 있다는 소식이 꼬리를 물었다.

"확실한가?"

"이미 소문이 파다합니다. 애초에 우중추는 작은 부족의 족장. 야심이 큰 여해족의 족장이 두고 볼 수 없었겠지요. 장북에서 군사를 일으켜 선화 쪽으로 이동하고 있다는 보고가 들어왔습니다."

"좋은 소식이기는 하지만, 너무 일이 쉽게 풀렸어."

"애초에 구심점이 없는, 근본도 없는 이들입니다."

덕원파의 한 장수가 나와서 그렇게 말하자, 최세현도 이번만은 선선히 머리를 끄덕였다.

"하긴. 십여 년간 반목을 해 왔던 그들이 여기까지 뭉친 것도 대단한 일이지."

"이번처럼 크게 뭉쳤던 사례는 드물지만, 그들의 반목은 언제나 있어 왔습니다. 차라리, 이 기회를 노려 피해를 주는 것이 좋지 않겠습니까?"

한구석에 자리하고 있는 이윤기 또한 딱히 이견이 없었다.

"철시와 철이 넘어가 그들이 무기를 만들고, 남하할 마음을 먹었습니다. 내분으로 주춤한 지금 작은 부족들을 공격해서 그들을 회유하고, 전쟁의 피해를 모조리 호평족에게 돌려버린다면 쉽게 호응을 얻어 낼 수 있을 것으로 사료됩니다."

"마음에 드는군. 하지만, 이런 일에 경거망동할 수 없지. 정규군은 하나같이 정예들이야. 나중에 쓸 일이 많지."

"대장군. 제게 생각이 있습니다."

덕원이 한발 나서며 들은 이야기를 꺼냈다.

"무림맹에서 온 자들을 쓰면 어떻겠습니까? 딱히 할 일도 없고, 큰 위험도 없습니다. 무림의 사정에 밝은 좌 장군께 일을 맡겨 먼 길을 온 이들에게 구색을 맞출 정도의 공적을 쥐어 준다면 불평이 사그라질 것입니다."

그간 들은 이야기가 있는 최세현이 금세 수긍했다.

"좋은 생각이군. 위험하지 않고, 본격적으로 북침이 시작되면 위험이 가중될 테니 장단을 맞춰 줄 필요가 있으니까. 대신 병사를 넉넉히 파견해서 혹시 모를 습격에 대비해야 할 것이야."

"대장군의 명을 받습니다."

* * *

다음 날, 각 문파와 세가에 돌려진 공문을 보며 후기지수들은 술렁였다.

내용은 간단했다.

백성의 안전을 도모하고, 적의 숨통을 끊기 위해 작전을 선포하는바, 국위를 수호하고, 공을 쌓고 싶은 자들은 군문으로 모여 무위를 증명하라.

원하면 와서 싸우라는 뜻이다.

또한, 북방군의 이만여 병력이 호위하며, 각 파와 문의 무사들을 대동할 수 있으며, 지원자에게는 능력에 따라 군사마저 붙여 준다는 말에 후기지수들은 술렁였다.

"공을 세울 기회로군. 그간의 어쭙잖은 싸움과는 질적으로 다를 거야."

"이만여 북방군이 참전한다면 적병과 조우할 기회도 없겠군. 내 애검이 울겠어."

"이번 기회를 놓친다면 더욱 어려운 일에 투입될 수도 있지. 공을 들여 이곳까지 왔는데 빈손으로 돌아갈 수도 없는 노릇이니까."

"이대로 돌아간다면 가문에도 얼굴을 들지 못할 거야."

전쟁이라는 말에 긴장하고 왔다가 하는 일 없이 지루한 나날을 보내던 후기지수들은 대부분 환영했다.

무림인은 체면을 중요시한다. 적은 힘을 들여 체면치레를 할 길이 생기니 구미가 당기지 않을 수 없었다.

당장에 자원자가 줄을 섰다.

* * *

날아드는 지원서에 골머리를 썩이는 이는 팽한위였다. 팽가의 여러 명장 중 하나이자, 팽파주의 직속 부관인 그는 산처럼 쌓이는 자원서를 보며 비명을 질렀다.

애초에 공부가 싫어 전장에 뛰어든 그가 다시 글과 씨름을 해야 하니 이처럼 난감한 일이 다시없다.

팽파주가 그의 집무실을 들렀을 때는 편성을 거의 끝마쳐 가는 시점에서였다.

나름대로 경험이 뛰어난 팽한위가 죽어 가는 얼굴로 붓을 들고 끙끙대고 있었다.

"지원자는 얼마나 되지?"

"둘째아버지, 이미 칠십여 가문과 문파들이 지원을 요청해 왔습니다. 정말이지 죽을 지경입니다. 살려 주십시오."

얼굴이 반쪽이 된 조카를 바라보며 팽파주가 실소했다.

"죽지는 마라. 전장에서 서류에 깔려 죽는다면 후세의 사람들이 두고두고 비웃을 거다."

"그렇게 말만 하지 마시고 좀 도와주십시오. 멀쩡히 잘 있는 조카를 불러내서 괴롭히시면 즐겁습니까?"

"흐흐흐. 그러게 머리를 쓰는 일에도 시간을 투자하라고 번번이 말했지 않느냐? 너는 그냥 평소처럼 과묵하게 시킨 일이나 해라. 불평은 빼고 말이야."

하지만, 팽한위의 불평은 멈출 기미가 보이지 않았다.

팽파주는 한 귀로 애걸의 목소리를 흘리며 작성하던 작전서를 집어 들었다.

남들은 지장에 꽤 뛰어난 책사라고 생각하지만, 실제로는 죽어도 공부를 싫어하는 조카의 진면목을 아는 팽파주다.

얼마나 낑낑거리며 머리를 썼을지 상상이 가는 바가 있어 팽파주는 웃음을 멈출 수가 없었다.

"꽤 용을 쓴 태가 나는구나. 역시 사람은 하면 된단 말이야. 불가능이란 없어."

"다시 한번 하라면 생명 연장의 꿈이 불가능해지겠지요."

"쯧, 우는 소리 하지 마라. 본가에 도움이 될 이들을 적재적소에 배치하는 일은 아무에게나 맡길 수 없다. 후일 원조를 구하기 위해서는 어쩔 수 없는 일임을 잘 알지 않느냐?"

"정파야 잘 알고 있으니 배치에 딱히 어려울 것은 없습니다. 문제는 사마맹이지요. 이것을 보십시오.'

서류를 받아 본 팽파주가 인상을 와락 일그러트렸다.

"피해가 막심하군."

"싸우지 못해 발작까지 일으키는 미친놈들입니다. 이 잡것들은 그간 가르친 전술이나 병법은 아예 국 끓여 먹었는지 운용할 생각조차 안 합니다. 그냥 우르르 몰려가서 죽을 때까지 칼질만 하면 된다는 개념을 가지고 전쟁을 하니 정말 도무지 써먹을 데가 없습니다. 특히, 이쪽에 따로 분류해 둔 자들은 쓸모는커녕 아군에 피해만 주는 놈들입니다."

"양인도라, 대단한 놈일세. 고작 스무 명을 잡으러 돌격했다가 칠십 명을 작살냈군. 이류 무사도 오십이면 적은 수가 아닌데 말이야."

"양인도, 이 녀석은 아예 머리가 왜 달려 있는지 의아할 정도로 무식한 놈입니다. 어찌나 무식한지 부대명을 정해 달라고 했는데, 글씨를 읽지 못해 아직까지 마땅히 정하지 않고 있습니다. 깃발에 피 묻은 도를 그려 넣고 다니는 무식한 놈이니 벌써 칠백여 명을 공으로 날려 먹은 놈이 될 수 있었겠지요. 으드득."

쌓인 것이 많은지 팽한위는 이갈이를 멈추지 않는다.

하긴 적병에게 입은 피해보다, 무식함으로 얻은 피해가 더 크니 그럴 만도 했다.

피곤에 절은 얼굴로 분노까지 피워 대니 사람 꼴이 아닌지라 팽파주가 은근히 달랬다.

"너무 그러지 마라. 이번 전쟁에서 승리하게 되면, 팽가는 가문의 역사 위에 공적을 더욱 얹혀 놓게 된다. 그간 전쟁으로 가문의 위세가 많이 상했어."

"사마맹 놈들 탓이지요. 그놈들이 명문에 돈을 대어 감히 본

가문의 영역에 손을 뻗은 탓 아닙니까? 갈아 마셔 버릴 놈들. 어째서 제가 사파를 위해 이 고생을 하는지 모르겠습니다."

"지난 일이야 다시 언급해서 어쩌겠느냐? 사마맹도 문제지만, 북적들의 힘이 강성해지면 피해를 더욱 크게 입는다. 장부란 자고로 후일을 위해 작은 복수심 따위는 감추는 법도 배워야 하는 것이야."

자신도 알고 있는 바다.

하지만, 서류의 산을 마주하고 나면 불평이 나오는 것을 어쩌란 말인가.

"그리고 또 하나, 엄씨 가문의 두 아이를 내 밑으로 편성해라."

"예? 천진과 희연이를 말입니까?"

"엄룡의 복권이 반발로 무산됐다."

엄씨 가문의 사정을 잘 알고 있는 팽한위다.

숙부를 통해 친분을 나누다가 한 가족처럼 부대끼는 사이인데, 근래 들어 인재를 많이 잃고 가세가 많이 기울였다. 특히 최근에는 황도에서 온 관철 감찰사에 빌붙어 엄씨 일족을 밀어내려는 움직임까지 보이니 더욱 딱하다.

"제 놈들이 코 흘리던 아이였을 때, 북군을 지휘하며 전쟁을 막던 엄룡 장군입니다. 어찌 그들이 이럴 수 있다는 말입니까?"

"세상의 이치가 마음 같지 않다. 네가 이해관계를 헤아려 정파와 명문의 아이들을 이끄는 것 또한 이 때문이다. 세상의 권세란 작은 분란의 싹으로도 무너질 수 있는 모래성이니, 권세를 부리는 자는 자고로 한시도 마음을 놓지 말고 전력을 다해 자리를 위시해야 한다. 이번에 네가 선의를 베풀어 공을 세울 기회를 제공하고, 운용의 묘를 살려 잘 다독이는 일 또한 후일 이와 같은 일을 방지하기 위함이니, 한시라도 긴장을 풀지 않고 임무를 완수해야 할 것이다."

자고로 명문과 정파는 이해득실도 따지지만, 명예와 체면을 중시하는 경향이 강하다.

호의를 베풀면, 금전이든 이권이든 다른 목적으로라도 되갚기 마련이다. 전쟁에 심혈을 기울여 세가 많이 약해진 지금은 더더욱 필요한 일이다.

"숙부님의 말씀, 잘 알아듣겠습니다."

팽한위가 고개를 끄덕였다.

* * *

열흘이 지나자 본격적인 출정 준비가 시작되었다.

군세의 배치와 진형을 확인하며 팽한위를 비롯한 천부장들은 녹초가 되었다.

하지만 끝까지 머리를 쥐어짜 최상이라고 할 만큼 견고하게 전략 전술을 짜냈다.

출정을 앞두고, 각 후기지수들에게는 안전한 장소와 개인 수련장이 제공되었다.

그간 쉬었던 탓에 무뎌진 검기를 갈고닦고, 가문과 문파의 고수들에게 조언을 들어 두라는 배려에서였다.

기본적인 준비는 그렇게 마무리가 되었는데, 남은 것은 가장 중요한 척후병과 요격병의 편성이었다.

팽한위는 다시 뒷목을 잡고 쓰러졌다.

다만 한 가지 안심이 되는 부분이 있다면, 척후병과 요격병은 뒷배나 세력이 별로 없는 잡졸들이나 골칫덩이 무사들을 배치하는 수준이었기 때문에, 지금까지처럼 문파의 이해관계나 후일 얻어 낼 이득 따위를 고려할 이유가 전혀 없다는 것이다.

"어디 보자."

그간 사마맹의 무식한 돌격 일색의 행동으로 제법 골머리를 썩었던 팽한위는 팽파주의 허락을 얻어 새로이 부대를 창설했다.

이 부대는 천여 명의 예비 병력으로 구성이 되었는데, 이들 중 사고를 치는 이들을 모아 넣어 새로이 명명했다.

북상찬명대(北上讚命隊).

조용히 말이나 듣고 북상이나 하라는 개인적인 기원이 담긴 이름이었다.

* * *

"그건 뭡니까?"

병사가 다녀가며 전해 준 종이를 받아 본 양인도는 열심히 눈을 굴렸다.

"에, 그러니까……."

"글도 못 읽는 양반이 노려보면 어쩔 겁니까? 이리 줘 보쇼."

한동안 글을 읽던 동화가 입맛을 다신다.

"결국 이렇게 됐군요, 형님."

"이렇게 되다니, 그게 무슨 소리냐?"

"이번에 전쟁에서 개판 친 일 다 걸렸소."

"걸리긴 왜 걸려? 은자 열댓 냥이나 들여서 새로 무사를 사 왔는데."

무슨 소리냐며 역정을 내는 양인도에게 동화가 한심함을 가득 담아 물었다.

"형님. 그러니까 은자 열다섯 냥을 가지고, 옆 부대에서 군사를 빌려 왔다는 말 아뇨?"

"그렇지, 분명히 나 마음대로 데리고 다니라고 스무 명을 줬단 말이다."

"문제는 우리에게 군사가 생긴 만큼, 옆 부대에는 인원이 비었다는 소리 아닙니까? 싸움은커녕 후방에서 쉬기만 한 놈들이 인원까지 몇십씩 비니 걸리는 게 당연하지요."

"지금까지 잘 넘어왔다."

"형님, 말이야 바른 말이지 지금까지 운가 놈 부대에서 줄곧 사람을 빌려 왔잖소. 장군들이 새대가리도 아니고, 후방에서 편히 쉬던 놈들이 우리 부대가 돌아오기만 하면 사상자랍시고 이십 명씩 비니 이상하게 여기는 것이 당연하오. 한 번도 아니고 여덟 번이나."

"……그런가?"

머리를 긁적이며 열심히 이해를 하기 위해 노력하는 양인도를 보며, 동화가 푸념했다.

"이제는 다 끝이요. 새로운 부대에 들어가 남 밑에 있게 되었으니, 좋은 시절 다 갔수다."

"내 돈은?"

"돈이 문제요? 시체 품을 뒤지면 얼마 건졌지만, 남 밑으로 들어가면 이제는 그것도 못 하오."

여전히 양인도는 펄떡거렸다.

"내 돈 은자 열다섯 냥!"

"그러니까, 돈이 문제가 아니래도! 우리 대주가 그 유명한 독안룡 마염이요! 지독한 살귀 밑으로 들어가게 되었으니 죽었다고 복창해도 부족하단 말이오!"

"내 돈 은자 열다섯 냥!"

머리를 싸쥐며 양인도가 부르짖었다.

안목이 짧은 그로서는 은자 열다섯 냥이 세상에서 가장 아까운 모양이었다.

三. 임관을 청하다

"진백천, 결국 왔구나."

돌고 돌아 진백천이 찾아간 것은 결국 후기지수들이었다.

아무도 없는 가운데 혼자 근사한 주루에 앉아 열 명이 달려들어도 먹지 못할 엄청난 양의 음식을 깨작이던 제갈서유가 진백천을 반겼다.

"너밖에 없냐?"

"모두 전장에 나갔다."

간단하게 상황을 설명하고는 제갈서유가 주먹으로 탁자를 쳤다.

"이 친구만 남겨 두고. 흥! 의리 없는 놈들."

"이런, 제갈. 이 변변치 않는 쭉정이야. 친구들이 전장에서 칼질하러 가는데, 후방에서 혼자 술이나 퍼마시며 노는 놈이 할 말이냐?"

"원래 머리를 쓰는 사람은 뒤에서 편히 있는 거다."

별로 머리를 쓸 것처럼 보이지 않는 제갈서유는 당당했다.

"……."

진백천의 눈매가 가늘어지자 제갈서유가 덧붙였다.

"요즘에 허리가 아파서."

"……그러냐? 조심해라."

세상에서 가장 불쌍한 것을 보는 진백천의 시선에 발끈한 제갈서유가 벌떡 일어났다.

"진백천! 그런 눈으로 보지 마라. 말은 안 했지만 나같이 귀한 놈은 싸움도 못 될 쓸데없는 일에 정력을 낭비하지 않는다."

"싸움도 아니라니?"

"대장군이 명을 내려 자원을 받았거든. 전쟁도 소강상태이니 위험하지 않으니까. 불러 놓고 일을 주지 않으면 명분이 없지. 그렇다고 딱히 쓸 구석을 찾기 힘드니 이 기회를 빌어서 어리고 경험이 없는 이들에게 공적을 세울 기회를 주는 거야. 요컨대 사냥감을 몰아 일종의 유흥거리를 만들고 불만을 잠재운다는 계책이지."

"북방의 몽고군들은 전부 꿔다 놓은 보릿자루냐? 결집된 놈들이 얼마나 무서운 줄 몰라?"

"몽고의 대군은 무섭지. 하지만, 지금은 무섭지 않게 되었거든."

"무슨 뜻이야?"

"떠돌이의 한계는 어쩔 수 없는 법이지. 호평족의 족장은 우중추인데, 몽고 쪽 사람이다. 반면에 세가 강한 여해족은 여진족 출신의 무장이지. 지금까지는 화합해서 잘 버텨 왔는데, 전공과 논공행상에서 불만을 품고 내분을 일으켜 자중지란에 빠졌다."

별 볼 일 없게 취급받는 제갈서유지만 역시나 지략으로 유명한 제갈가의 인물답게 그럭저럭 괜찮은 식견을 가지고 있었다.

하지만, 우중추를 전생에서 마주한 바 있는 진백천은 생각이 달랐다.

일개 사람으로 판단을 하고 대비를 한다면 파상 공세를 이겨 내지 못한다. 우중추는 고금을 통틀어도 짝을 찾기 힘든 왕재 중의 왕재였으니까.

"제갈, 네가 알고 있는 이야기가 군부의 의중과 일치한다고 봐도 되나?"

"흐음, 일치한다고는 볼 수 없겠지만 비슷할 거다. 황궁 쪽에서 나온 이야기를 종합해서 도출해 낸 결과니까."

"미치겠군."

"혹시 한 팔 거들 생각이었나? 나만 믿어라, 진백천. 내 입으로 이런 말하기 뭣하지만, 내가 좀 잘났지. 가문도 잘났고. 내가 말만 하면 십부장 자리 정도야 어렵지 않게 따낼 수 있다."

"부족해. 적어도 백부장, 아니, 천부장급은 되어야 해."

조금 난처해진 기색으로 제갈서유가 대답했다.

"십부장은 당장에라도 자리를 내줄 수 있지. 하지만, 백부장이나 천부장급은 힘들어. 차라리 팽조욱에게 말해 보는 것이 어때? 가문의 어르신들이 높은 직위에 있으니 천부장 정도는 쉽게 내줄 거다."

진백천에게 자리를 권한 제갈서유가 수하를 시켜 팽조욱에서 소식을 전했다.

* * *

연통을 받은 팽조욱이 한걸음에 달려가 팽한위를 찾았다.

"백부님, 백부님."

"조욱이 아니냐?"

집무실에서 커다란 지도를 펼쳐 놓고 전략을 논의하고 있던 팽한위가 눈매를 찌푸렸다.

집안에서야 큰 어른이고 귀여운 핏줄이니 상관없지만, 현재는 군문의 장수다. 주위에는 십여 명의 제장들마저 함께하는 자리가 아닌가 말이다.

"긴히 드릴 말씀이 있습니다."

"지금 군부의 중요한 일을 논의하는 자리이다."

"급한 일입니다."

여전히 물러서지 않는 팽조욱을 향해 재차 일성을 지르려는데, 곁에 있던 만인대장 팽파주가 나섰다.

"현재는 중요한 일을 논의 중이다. 작게는 전투에 이기기 위한 일이요, 크게는 나라의 국운을 의논하는 자리라고 할 수 있다. 이 모든 것을 헤아리고도, 당장 이야기를 시급히 전해야 할 만큼 긴급한 일이더냐?"

목소리는 조용했지만, 팽파주의 어조는 준엄했다.

하지만, 이번에도 팽조욱은 물러서지 않는다.

"제법 중요한 일인가 보구나."

"분명히 그렇습니다."

"그대들은 물러나게. 긴히 할 이야기가 있으니."

갑작스럽게 중단된 회의에 장수들은 불만이 있을 만도 하건만, 팽파주와 팽한위에게 고개를 숙일 뿐 누구 하나 불평하는 이가 없었다.

과연 팽가의 여러 맹장들 중 으뜸이라 평가받는 인물다웠다.

사람들이 나가자 그제야 자리를 권한 팽파주가 조손에게 물었다.

"그래, 무슨 일이 있기에 그토록 다급하게 찾아온 것이냐?"

"혹시 제가 일전에 말씀드린 이에 대해서 기억하고 계십니까?"

"네가 언급했다면 대단한 자일 텐데, 딱히 생각나는 사람이 없구나."

"유가장에서 만났다는 기이한 아이 말입니다."

"혹시 네가 말하는 이가 일견천잠을 베었다는 그 아이더냐?"

"그렇습니다. 그자가 임관을 요청했습니다."

이번에는 팽한위가 눈매를 찌푸리며 말을 받았다.

"고작 어린아이의 이야기를 하기 위해 소란을 떨었단 말이냐?"

"고작이 아닙니다. 세상에 알려지지 않았지만 대단한 인물입니다. 저, 아니, 소장은 지금껏 그만한 인물이 있다고는 생각조차 못 했습니다."

소장이라.

혈연으로서 간청하는 것이 아니라, 군인으로서 내뱉는 말의 무게는 무겁다.

하지만 팽한위나 팽파주로서는 이야기를 좀처럼 믿을 수가 없었다.

"믿을 수는 없는 일이다. 그 나이에 아무리 기연을 얻어도 이룰 수 없는 성취일 뿐 아니라, 그만한 인물이라면 지금껏 이름이 나지 않았을 리가 없지 않느냐?"

"스스로를 숨기려 하는 자입니다. 세상에 마땅히 이름이 나야 할 자가 알려지지 않았으니, 이 또한 능력이라 할 수 있습니다."

고집스레 주장하던 팽조욱을 보며 팽한위가 다그쳤다.

"아무리 그렇다 하더라도 개인의 무공과 임관과는 상관없는 일이다. 일견천잠이 있다 한들 전황에는 큰 도움이 되지 않는다. 사사로운 다툼과 국운이 걸린 전쟁의 차이를 어찌 모른단 말이냐?"

"무공은 가진바 재주의 극히 일부일 따름입니다. 유가장의 혈사를 처리하는 와중에 개방과 협력을 했는데, 사람을 부리고 적을 공격하는 솜씨가 대단했습니다. 궁술 또한 뛰어나 무림맹의 궁술 대회에서 우승까지 했습니다."

"원래 강호인들을 궁술을 가볍게 여겨 뛰어난 인물이 없지. 이곳에는 발에 채는 이가 명궁이요, 대단한 궁술가다."

"문제는 이 모든 장점을 가지고도, 흉중에 다른 어떤 가공한 실력을 가지고 있을지 예상조차 하지 못한다는 것입니다."

열띤 어조로 애걸하는 팽조욱을 보며, 팽파주가 물었다.

"그래, 네가 말하는 바를 믿어 보도록 하마. 네가 말하고자 하는 바는 뭐냐?"

"그에게 요직을 주고 싶습니다. 천부장의 직위를 내어주십시오."

점입가경으로 나오는 조손의 말에 두 사람은 입을 다물었다.

정신을 차린 팽한위가 버럭 소리를 쳤다.

"사사로이 지인을 돕기 위해 군사 회의를 멈춘 것도 모자라 특혜까지 요구하다니, 정신이 있는 게냐?"

"한번 써 보시면 제 말의 뜻을 이해하실 수 있으실 겁니다."

놀란 가운데 팽파주는 정신을 차리고는 조손을 살폈다.

송구스럽다기보다는 자신의 말이 받아들여지지 않아 답답해하는 모습을 보니, 도대체 어떤 인물이기에 이처럼 마음을 쓰는 것인지 궁금해지기까지 한다.

'허허, 제법 뚝심이 생겼군. 좋은 일이야. 참으로 궁금하구나. 도대체 어떤 아이이기에 이렇게 조욱이가 악수(惡手)를 두어 애걸할 정도란 말인가? 만약 사실이라면 능히 중용해야 할 것이지만…….'

군문의 장수치고 생각이 깨였다고 자부하는 팽파주지만, 쉽게 모든 것을 믿을 수는 없었다. 그렇다고 처음이자 마지막이 될지도 모르는 팽조욱의 부탁을 쉬이 거절하기도 힘들었다.

잠시 뜸을 들이던 그가 입을 열었다.

"네가 말했던 대로의 능력이라면 당장에 중용해야겠지."

"숙부님!"

"걱정 마라. 내게 생각이 있다."

숙부의 말에 씩씩거리며 팽한위가 물러섰다.

"천부장이라고 하였느냐?"

"그렇습니다."

"천부장은 천 명의 군사를 담당하는 자리다. 무공도 무공이지만, 실전 경험과 능력이 조금이라도 부족하면 맡을 수 없지. 잠깐의 실수로 수백 명이 죽어 나간다."

"알고 있습니다."

마음 같아서는 만인장의 지위라도 주고 싶었지만…… 팽조욱은 목구멍까지 올라온 말을 삼켰다.

잔잔하게 팽파주의 이야기가 이어진다.

"너의 요구는 받아들일 수 없다. 다만, 백부장 정도라면 생각해 보지. 내 직속에 직접 두어 만에 하나 능력이 뛰어나다고 판단되면 당장에 중용하마."

"그렇다면 불만이 없습니다."

만사에 깐깐하기로 유명한 만큼 인재를 등용함에 사심이 깃들지 않기로 유명한 팽파주 아닌가. 분명 진백천이 지대한 공을 세우리라 생각하며 팽조욱은 더없이 기쁜 표정을 지었다.

"다만 조건이 있다."

"무엇입니까?"

"아무리 너의 부탁이라고 하더라도 사사로이 중책을 줄 수는 없는 일이다. 네가 말한 친구가 자신이 쓸 만한 인재라는 사실을 증명해야지. 조만간 시험이 열린다. 정사 중간의 문파와 중소 문파의 제자들을 적재적소에 배치할 시험이니, 좋은 결과를 얻는다면 천부장의 직책을 고려해 보마."

완전한 허락은 아니었지만 다른 사람도 아니고 진백천의 능력을 잘 아는 팽조욱이었다.

들은 바로는 과거에까지 합격했던 인물이었다. 더군다나 병법과 진법에 뛰어나니 큰 어려움이 없어 보였다.

"문제 없을 것입니다."

자신 있게 팽조욱이 대답했다.

* * *

절반의 허락을 얻어 낸 팽조욱이 진백천을 찾았다.

이야기를 듣고 난 후, 팔짱을 끼고 듣고 있던 진백천의 얼굴이 파랗게 질렸다.

"시험?"

"그래, 너에게는 별것 아니지."

글쎄, 그게 쉬운 일이 아니려나.

과거라든가 지금까지의 공부는 그래, 유설영을 위한 일이었으니 어쩔 수 없다.

하지만, 지금은 유설영과 관계가 없는 일이지.

없는 정도가 아니라, 마음이 바뀔 때까지 부업을 하는 중이다.

그런데, 부업 따위를 하는데 공부를 하고 시험을 봐야 한다니!

헛구역질이 올라왔다.

무수한 책들이 산이 되어 덮쳐 오는 환상을 보며 진백천이 덜덜 떨었다.

"시험은 무섭다. 난 원래 무인 체질이야. 글쟁이가 아니라고."

"너라면 어렵지 않을 거다. 체계적으로 병법이나 전술을 배운 적이 없지?"

"……소싯적에 손무 뺨 좀 때리고, 오씨 아저씨랑 좀 놀았지."

내심 '어깨너머로 배웠어.'라든가 '잠깐 책 좀 들추고, 먹 좀 찍었지.'라는 대답을 기다렸더니 역시나.

손자병법의 저자인 손무와 오기의 저자를 뜻하는 말이리라.

"무경칠서는? 무경칠서는 읽었나?"

무경칠서란 손자, 오자, 육도, 삼략, 사마법, 울요자, 이위공무대의 일곱 가지 병리 병략을 다룬 저서다.

이번에도 역시 진백천은 고개를 끄덕였다.

"읽긴 읽었지만……."

"하하하. 너라면 충분하지. 말이야 바른 말이지, 장수들 중에는 책을 싫어하는 사람들이 많다. 너 정도의 남자가 대충 배웠을 리도 없으니 시험은 문제가 없겠다."

"하지만, 문제는 시험을 봐야 한다는 사실인걸?"

진백천의 반문에 팽조욱이 신뢰가 가득 담긴 어조로 대답했다.

"평소처럼 하면 된다니까 그러네. 뭐, 경험이 부족한 부분이 마음에 걸리긴 하지만 네가 직접 전장에 있다고 생각하고 답을 적는다면 어렵지 않을 거다."

마지막까지 몇 번이고 잘하라는 말을 그치지 않으며 팽조욱이 떠났다.

시험이라.

정말이지 시험은 귀찮다.

아는 내용을 안다고 말하면 될 것을 구태여 글로 표현하고 좋은 문장을 써야 한다.

이 얼마나 무가치한 일인가.

의외라는 제갈서유의 목소리가 들려왔다.

"너 같은 놈이 과거에 합격하다니, 정말 불가사의한 일이야."

"나도 그렇게 생각해."

투덜거리면서 책을 펴 든 진백천이 몸을 잘게 떨었다.

고작 글자만 보았을 뿐인데 오한이 든다.

전에는 유설영을 만나기 위해 공부를 했던 터라 몰랐지만, 제대로 걷어 차인 지금은 갑자기 두려움이 산이 되어 몰려온다.

의욕 부족이 아닐까 생각해 보았지만 단순히 몸과 머리가 한가지로 책 보기를 방해하는 것뿐이다.

당장에 쓰러져 게거품을 물 기세라 제갈서유가 혀를 찼다.

"너는 머리도 좋은 놈이 왜 그렇게 시험을 무서워하냐?"

"내가 세상에서 가장 무서워하는 세 가지 중 하나가 시험이야."

첫째가 흑사련이고, 둘째가 하늘이었으며, 셋째가 공부다.

전생에는 책을 읽으라는 말만 들어도 대략 손발이 오그라들었다.

"하기 싫으면 때려치워라. 같이 놀자."

"제갈, 이제 고만 돌아가라. 방해하지 말고."

"무장이 갖추어야 할 소양과 전술에 대한 간단한 시험이라고 했잖아. 시험은 원래 기본 실력으로 보는 거다. 공부는 때려치워."

지략과 귀계로 유명한 제갈세가의 조상들이 들었다면 당

장에 관 뚜껑을 박차고 일어나 멱살을 잡을 말이었다.

하지만 이미 마음이 황천 너머로 날아가 버린 진백천은 귓바퀴를 팔랑였다.

"역시 그렇지?"

사기꾼 같은 미소와 함께 제갈서유가 입가를 비틀었다.

"물론이다. 시험 치다 떨어지면 돈으로 시험관을 매수하면 되지."

"넌 상가의 자식이냐, 제갈가의 자식이냐?"

묘하게 호이명이 떠오르는 말에 핀잔을 주었지만, 제갈서유는 진지하게 대꾸한다.

"돈도 능력이다."

"퍽이나."

"진백천, 알고 있던 내용이라도 실수하는 법이야. 공부가 지나치면 병이 되지. 머리가 아파서 시험을 망치느니 차라리 속 편하게 노는 게 낫다. 놀다가 망치면 적어도 억울하진 않거든."

"하긴, 원래 공부는 병 걸린 놈들이나 하는 거지. 공부를 하겠다는 마음을 먹은 것 자체가 병이 아니고 뭐겠어?"

"역시 아호마제. 마음이 통하는군. 너에게 필요한 것은 휴식으로 보인다. 나와 같이 술을 퍼마시며 인생의 오묘함에 대해서 이야기해 보자꾸나. 지금까지 너무 외로웠다."

언제나 혼자서 수십 인분의 음식을 시켜 놓고 식사하더니, 꽤 외로웠던 모양이다.

그간 검각에서 유설영에게 바람맞고 술 생각이 간절하던 진백천이 바람 소리 나게 고개를 끄덕였다.

아무래도 당분간 서책에 침 묻힐 일은 없어 보였다.

* * *

군문에서 열리는 시험이라고 별다를 것은 없다.

덩치가 크고, 날렵해 보이는 사람들이 주로 문턱을 넘는다는 것 정도가 다르다고나 할까.

색색의 깃발이 정갈하게 나부끼는 가운데 진백천이 연무장을 개조한 임시 시험장에 들어섰다.

"사람이 꽤 많네."

종종걸음으로 인파를 헤치고 안으로 들어가 한적한 장소에 자리를 잡고는 주위를 둘러보니, 정갈하게 차려입은 무사들이 제법 많다.

몇몇은 화려한 전포를 걸치고 근엄하게 앉아 있었는데, 학식도 제법 뛰어나 보인다.

하지만, 일전에 문사들에게 속아 과거 급제를 당해 버린 진백천은 속지 않는다.

차가운 도시 남자의 미소를 입가에 드리운 채, 눈을 반짝였다.

"똑똑한 놈들이 많아 보이지만 속을 순 없지. 문사처럼 생긴 놈들치고 제대로 된 놈 못 봤다. 재수 없게 걸렸다가 황제네 집에서 종살이를 할 뻔했잖아. 빌어먹을 문사 놈들. 빌어먹을 황제 녀석."

들키면 당장에 구족이 멸문당할 말을 중얼거리고는 붓과 벼루를 주섬주섬 꺼내 놓았다.

자리가 꽉 차고 잠시 기다리니, 북소리가 들리며 한편에서 중갑주를 착용한 무장들이 시험장으로 들어왔다. 뒤에는 깃발을 든 열두 명의 군사들이 뒤따랐는데, 장내에 들어오자 깃대를 바닥에 꼽는다.

이윽고 징이 울리자, 시험관이 나란히 세워 놓은 깃발을 뒤집었다.

깃발에는 글이 빼곡히 적혀 있었다.

"오늘의 시험은 모두 열두 항목의 전술과 운용을 묻는 것이다. 각 깃발에 쓰인 상황에 따라 가장 알맞은 전략을 적으면 된다."

시험관이 내려가고 징이 울리자 진백천은 찬찬히 문제를 살폈다.

"흐음, 어렵지는 않네."

순식간에 신산귀계들을 떠올린 진백천이 소매를 걷었다.

한 호흡에 써 내려갈 요량으로 막 붓을 집어 들었는데.

"잠깐."

허공에서 손이 멈추었다.

"가만. 이러다가 또 눈에 띄어서 군문에서도 개처럼 일하는 거 아냐?"

스스로의 능력을 모르는 진백천이다.

혼자 공부를 하거나, 숨어서 배운 터라 딱히 비교 대상이 없는 진백천은 걱정부터 앞섰다.

"아, 큰일이다. 군문에서 군대놀이를 할 순 없지. 적당히 하자, 적당히."

머릿속에 끝없이 늘어선 신산귀계들이 지워지며, 어설픈 계략들로 바뀌었다.

"글씨도 적당히 쓰자. 알아보는 놈이 있으면 골치 아파."

붓을 놀리는 손도 조금 어설프게 바뀐다.

너무 잘해도 곤란하다.

"계략도 대충 풀어 쓰자. 완벽한 답지는 패가망신의 지름길이야."

정확히는 유설영과의 달콤한 신혼 생활의 걸림돌이 되겠지.

어디까지나 객잔을 하나 차려, 일하고 싶을 때 일하고 유설영과 알콩달콩 사는 것이 꿈이다.

군문이나 황궁에 들어가, 하루에 한 번 마누라 얼굴 보기도 힘든 대장군이나 대학사가 되는 것 따위는 희망 직종의 백 대 순위에도 못 들어가는 말단 직종이라 할 수 있다.

"내용도 적당히. 고사를 너무 완벽하게 적어 넣으면 피곤해지니까."

빌어먹을 '간죽향수문주인'만 떠올리면 치가 떨리는 터다.

그러고 보니 쓸 이야기가 마땅히 없다.

어느 수준으로 써야 할까 고민하고 있는데, 제갈세가의

은거기인 제갈문의 이야기가 떠올랐다.

제갈문은 말했다.

*　*　*

"싸움이 나고 병법 났지, 병법이 생기고 싸움이 난 것이 아니다."

진백천이 물었다.

"그럼 병법은 뭡니까?"

"병법은 그냥 병법이지. 법(法)이라 부르지만 법도 도(道)도 없다. 그냥 싸워서 이기려고 용을 쓰는 방법이야. 군문의 장수들이 터지는 머리를 부여잡고 책을 읽는 이유도 나날이 복잡해지는 상대의 수를 읽기 위해서 하는 거지. 상대가 병법을 모르면, 네가 딱히 병법을 쓰지 않아도 승리를 얻기 어렵지 않다."

"한마디로 배울 필요가 없다는 뜻이네요?"

"네놈 머리는 장식품이냐? 자고로 지자(知者)는 궁리를 멈춰 서는 안 되는 법이다. 일을 처리하는 데 품위 있는 것과 비천한 것, 깨끗한 것과 더러운 것이 있다. 눈앞의 이득만 보고 의를 보지 못하며, 외울 줄만 알았지 관조하여 진리를 꿰뚫음을 모르면서, 애쓰고 억지 쓰면서 스스로의 방식으로만 다투려 한다면 이것을 승리를 위한 병법이 아니라 병법을 위해 쓸데없이 힘을 쓰는 하찮은 일이라 할 수 있지."

그렇게 말한 제갈문은 덧붙이듯 말을 이어 나갔다.

"물론 패할 가능성도 많고. 너는 아무쪼록 각종 혜안을 가지고 이치를 뽑아내어 차례로 정리해 수를 쓰면 누구든 이기지 못할 적이 없다는 사실을 알아야 한다. 이기는 방식도 크게 세 가지로 구분할 수 있지. 상책은 싸우지 않고 승리하는 것이며, 중책은 싸워서 승리하는 것이다."

"그럼 하책은 뭔가요?"

"글쎄, 내 계략이 통하지 않은 적이 없어 모르겠다."

도움이 안 되는 스승 같으니. 투덜거리는 진백천의 뒤통수를 두들기며 제갈문이 덧붙인다.

"요는 틀에 얽매이지 말고 이기란 말이다. 병법에 너무 치중하면 보다 궁리를 하는 이에게 패하기 마련이지. 전법이나 병법은 능수능란함, 아군의 이점으로 상대의 약점을 치는 법. 언제나 사고의 영역을 열어 놓고 기발한 수를 쓴다면 패할 리가 없다."

* * *

그렇다. 제갈문은 기발한 수법을 잘 쓰면 이길 수 있다고 했지.

입가에 침을 바른 진백천이 중얼거렸다.

"기발하게…… 란 말이지."

어설프게 어려운 말 섞어 가며 병법의 요체를 꿰뚫는 핵심을 파악하는 일.

자신이 가장 자신이 있는 바였다.

그렇게 시험이 끝나고 짬을 낸 팽파주가 팽한위의 집무실에 들렀다.

조손이 언급한 인재의 수준이 얼마인지 확인할 생각에 발걸음을 빨리했던 참이다.

진백천의 답지를 집어 든 팽파주의 평가는 단출했다.

"기발하군."

"너무 기발해서 문제입니다."

씩씩대는 팽한위는 당장이라도 답안지를 찢어발길 기세였다.

"허! 이게 꽤 재미있어. 전장에서 기습을 받아 적장과 조우했을 때, 가장 현명한 대처법은 무엇인가?"

"놈이 적어 놓은 답은 '눈에 모래를 뿌리고 튄다.'지요. '모래가 없으면, 얼굴에 침을 뱉고 튄다.'라고 사족까지 달아 두었습니다."

"정말 재미있어. 하긴, 침을 뱉으면 누구라도 허를 찔리기 마련이지. 날아오는 화살이야 딱히 위협적인 게 아니라면 대충 무시해도 상관없지만, 상대가 침을 뱉는다면 나라도 피하지. 더러우니까. 효과는 지대하겠군."

"웃고만 계실 일이 아닙니다."

손가락으로 종이를 푹푹 찌르며 팽한위가 씩씩거렸다.

"다음은 더욱 가관입니다. 후속대 없이 매복이 추정되는 장소에 도착하면, 뒤도 돌아보지 않고 도망친다? 어째 허구한 날 도망만 갈 생각이군요, 이 녀석은. 애초에 글러먹은 정신을 가지고 있습니다."

"적잖이 재미있는 아이로군. 특이해."

"하늘이 반쪽이 나더라도 살아남기야 하겠군요. 애초에 약관도 안 된 아이가 일견천잠을 베었다는 이야기부터 이상했습니다. 이제는 확실하군요. 이놈은 미친놈입니다. 글씨를 모르는 어중이떠중이도 이렇게 엉망으로 답을 적진 않습니다."

"……."

팽파주는 대답 대신 종이의 한구석을 유심히 바라보고 있었다.

반응이 없자 팽한위가 고개를 갸웃거렸다.

"뭔가 이상한 점이라도 있으십니까?"

"흠…… 이것을 보게나."

팽파주가 마지막 문제를 들이밀었다.

"대회전에 관한 이야기로군요. 그럭저럭 괜찮은 답이지만 정답과는 거리가 멀지요."

"그렇지, 그런데 참 재미있어. 답들이 제법 하나의 방향으로 흐르고 있지 않은가 말이야."

"그게 무슨 뜻입니까?"

"양군이 휘돌아 감싸고, 중군을 꿰뚫는 진형이나 병사를 십인대 규모로 운용하며 산발적으로 외곽을 치고, 기병을 둘로 나누어 한 갈래는 서북으로 다른 한 갈래는 동남으로 밀어낸다. 기병과 궁병, 창병을 전개하는 방식이 익숙하지 않으냐?"

"잘 모르겠습니다만? 어딘가 명가의 용인술이라도 됩니까?"

조카의 대답에 팽파주가 혀를 찼다.

"쯧쯧! 꽉 막혔구나. 전형적인 삼첩진(三疊陳)을 몰라보다니."

"무슨 소립니까? 삼첩진은 절대 아닙니다."

근자에 들어 무명의 전술가가 고안해 낸 방법이 삼첩진이다.

병법에 관심이 있어 제법 식견이 많은 팽한위가 알기에 삼첩진은 병과를 셋과 셋으로 나누어 중첩하여 운용하는 병법으로 어찌나 기이 막측한지 병술(兵術)이라고까지 부를 정도의 상승 전략이다.

머리를 벅벅 긁는 팽한위는 아무리 봐도 답과 삼첩진의 연관성을 찾을 길이 없었다.

"네가 지형을 익히지 않고, 상대를 염두에 두지 않기 때문에 하는 말이다. 잘 살펴보면 모두 제법 머리를 굴린 답이라는 것을 알 수 있지. 특히 몽고와 같은 기마병과 난전에 특화되어 있어. 분명히 병법을 공부한 자다."

"수박 겉핥기식의 지식은 도리어 해가 될 수도 있습니다."

"하긴, 그것도 그렇지. 답을 보면 모두 든든한 아군의 정예와 난전에 익숙한 상황이 뒷받침되지 않고는 시도도 못

내 볼 것들뿐이니까."

글씨도 못쓰고, 남들은 흔하게 쓰는 고사 하나 인용하지 못했다.

"이건 그냥 낙제감이야."

어설프게 어려운 말 섞어 가며 병법의 요체를 꿰뚫는 핵심을 파악하는 일.

안타깝게도 진백천이 가장 자신 있는 바인 만큼, 알아볼 안목을 가진 사람이 없었다.

* * *

시험이 끝나고 합격자 명단에서 이름을 찾을 길이 없자 진백천은 언제나 연락이 올까 온종일 기다렸다.

며칠 후, 위에서 부른다는 말에 얼씨구나 달려갔더니, 기다리고 있는 것은 의외의 상황이었다.

득의양양하게 문을 열고 나니 웬 중년의 장수가 노려보고 있는데, 어찌나 눈빛이 살벌한지 당장에 문을 닫고 돌아가고 싶을 정도다.

주춤주춤 물러서는 진백천에게 중년의 장수가 물어 왔다.

"네가 진백천이냐?"

"그런데요?"

"천인대장 팽한위다. 앉아라."

"안녕하세요."

위압적인 말에 슬금슬금 자리에 엉덩이를 걸치니, 팽한위가 진백천 앞으로 종이 뭉치를 던졌다.

뭔가 싶어 슬쩍 보니 자신이 써 낸 답지다.

"잘 보았다. 아주 전쟁을 장난으로 알더구나."

어라? 이게 아닌데.

분위기가 의도했던 대로 흘러가지 않자 난처해진 진백천이 대꾸했다.

"저기…… 꼭 그런 것은 아니었는데……."

"위급 상황이 닥치면 적의 얼굴에 침을 뱉어라. 침이 말랐으면, 혀를 깨물어 피라도 내라니. 정말이지 기발한 답이었다. 물론, 그렇다고 합격했다는 소리는 아니지만."

그렇게 말을 하며 짧게 덧붙인다.

"넌 탈락이다."

진백천이 탈색된 얼굴로 헐떡거렸다.

"다시 한번 기회를 주십시오."

"기회란 두 번 오지 않지. 더욱이 너처럼 모자란 녀석을 위해 할애할 시간 따위는 없다. 너 따위 녀석을 어째서 조카가 나서서 변호하는 줄도 모르겠고 말이야."

이글거리며 타는 듯 노려보던 팽한위가 싸늘하게 말했다.

"나는 너 같은 놈이 가장 싫다. 능력도 없는 주제에 주둥이는 살아서 뒷구멍으로 수를 쓰는 놈. 내 눈앞에서 당장에 꺼져라."

어깨를 늘어트리며 하늘이 무너진 진백천을 바라보는 팽

한위는 확신했다.

‘아무리 봐도 수재는커녕 좀 모자란 녀석 같군. 백부장은 커녕 십부장도 아까워.’

그렇게 북방군은 진백천을 두 번이나 바람맞혔다.

탈락이라는 믿을 수 없는 현실을 접하고, 후회를 했지만 이미 떠나 버린 배요, 돌아가기엔 너무 멀리 왔다.

으적으적 소매를 물어뜯으며 진백천이 고민했다.

이대로 가만히 있자니 북경이 절단 날 테고, 황궁이 무너지겠고, 흑사련의 발호가 두렵다.

다시 검각으로 돌아가고 싶지만 유설영은 만나 주지도 않고, 집에 가면 언제 흑사련이 습격할까 전전긍긍해야 한다.

결국 방법은 하나밖에 없다.

“어쩔 수 없지. 내 힘으로 어떻게든 해야겠어.”

잠시 고민하던 진백천은 사마맹 낭인들의 고유 습성을 떠올렸다.

“원래 사파 놈들은 매와 돈이 약이지. 군부에서 인정을 못 받는다면 사마맹에서 받으면 될 것 아니야?”

어디 가나 주먹과 돈이 통용되지 않는 곳은 없다.

전장에서는 더더욱 그러하다.

* * *

양인도는 홧김에 술을 마시고 있었다.

“크으! 쓰군. 참 재수가 없어.”

곁에는 의제 동화도 함께하고 있었다. 속이 쓰리긴 마찬가지인지 표정이 좋지 않았다.

“애초에 형님을 따른 것이 문제였소. 아이고, 내 팔자야.”

“흥! 내가 무얼 잘못했단 말이냐?”

“그러게 좀 조심하자고 했잖소?”

“내 탓이 아니다. 군부의 멍청한 놈들 탓이지. 나는 많이 죽이려고 애썼어.”

“희생자가 더 많아서 그렇지.”

탁자를 콱 치는 양인도의 서슬 퍼런 눈빛에 동화가 금방 어깨를 움츠렸다.

옆에서 지분거리는 의제가 조용해지자 커다란 잔에 독한 화주를 쏟아 넣고는 단숨에 들이켰다.

“크으! 좋다! 더러운 세상. 제 놈들이 나를 두고 잘 살 줄 아나 두고 보자. 이 양인도! 여기서 안 죽는다, 이거야!”

멋들어지는 무림명 하나 없지만, 양인도는 꽤 유명 인사다.

일류의 실력에 사마맹 무사들이 최고의 덕목으로 치는 독기가 충분히 수준급이다.

지금까지 명성을 떨치지 못한 이유는 끝 간 데 없는 무식함 때문인데, 덕분에 의형제인 동화만 죽어날 지경이었다.

한껏 불쾌해진 양인도가 탁자를 쳤다.

“술! 술이 더 필요해!”

“형님, 이제 오늘도 이것으로 끝이오. 이제 나 돈 다 떨어졌소."

"나도 없는데?"

"……그럼 일어납시다. 여기서 난리 피워 봐야 현실이 바뀔 리 없고 관병이 오면 더욱 골치 아파지니까."

지극히 당연한 말이지만 양인도는 무슨 해괴망측한 소리를 듣는다는 듯 흥 하고 콧방귀를 뀌었다.

"니미, 없으면 만들면 되는 거지."

"당장 개방에 들어가게 생겼는데 만들긴 뭘 만든단 말이오? 철전 한 푼 없는데 갑자기 돈을 어디서 구해요?"

"잘 봐라."

얼굴이 붉어진 양인도가 벌떡 일어났다.

거구에 험하기 짝이 없는 얼굴로 고리눈을 뜬 채 주변을 휘휘 둘러보자, 사람들이 슬금슬금 피했다.

기실 양인도의 무공은 기괴한 구석이 있는데, 공격 일변도의 사이한 도법을 사용한다는 것이다.

스스로는 이를 굉산벽해도(宏山霹海刀)라며 자랑을 하지만 남들은 단순히 일자무식도(一字無識刀)라며 놀렸다.

정신이 나갈수록 오묘해지는 굉산벽해도는 우연한 기회에 얻은 것인데, 지금처럼 술에 취했을 때는 감히 상대가 없었다.

"어쭈, 이것 봐라?"

그의 눈에 얼마 떨어지지 않은 곳에서 약관도 안 되어 보이는 아이가 자작을 하는 것이 눈에 들어왔다.

성큼성큼 다가간 양인도가 탁자를 걷어찼다.

"세상 참 미쳐 돌아가네. 백주 대낮에 대갈통도 여물지 않은 꼬마가 자작을 해?"

"……너는 누구냐?"

꼬마 아이가 대뜸 묻자 양인도는 어처구니가 없었다.

"어린놈 혓바닥이 참 짧아. 이놈아, 살고 싶으면 당장 주머니를 내놔라."

"여기는 어딘데 곰 새끼가 사람 말도 하지?"

별 미친놈 본다는 대꾸가 돌아왔다.

사마맹의 어지간한 고수도 대꾸를 못 하는 자신에게 더벅머리 꼬마 아이가 막말을 하자 양인도는 순간 멍해졌다.

이내 콧김과 함께 분노를 표출시킨 양인도가 아이의 뒤통수로 솥뚜껑만 한 손을 내려쳤다.

동시에.

앉아 있던 아이가 기다렸단 듯이 벼락같이 튀어 오르며 머리로 안면을 들이받는 것이 아닌가.

빠악!

단숨에 콧잔등이 뭉개지고 피가 튀자 양인도가 괴성을 질렀다.

"케헥!"

코를 싸쥐고 웅크리는 양인도를 툭툭 차며 진백천이 중얼거렸다.

"미쳐 돌아가는 건 네 개념이다. 나 참, 어이가 없어서……."

동화가 벌떡 일어나며 품에 손을 넣었다.

"엇, 형님! 이, 이! 네놈은 뭘 하는 새끼냐?"

아이가 손가락을 튕겼는데, 쏜살같이 날아온 엽전이 정확히 동화의 검지와 엄지 사이를 꿰뚫었다.

"허억!"

"네 새끼 아니니까 걱정 마."

엽전이 정확히 자신의 비도 머리에 박혀 든 것을 확인한 동화가 기겁을 했다.

'마, 말도 못 할 고수다.'

동전을 날려 사람을 상하게 하는 것도 힘든데, 꺼내려던 비수의 머리만 정확히 꿰뚫다니.

평생 돌아다녀도 만나기 힘든 암기의 고수가 아닌가.

정신을 차리지 못하는 양인도의 다리를 걸어 넘어트린 진백천이 척, 하고 가슴팍에 발을 얹었다.

"곰의 쓸개가 정력에 좋다는데……."

먹이를 노리는 포식자의 얼굴을 한 진백천이 검지로 양인도의 가슴께를 쿡쿡 찔렀다.

도망치려 했지만 어찌 된 영문인지 몸에 힘이 들어가지 않는다. 마치 만근의 거석이 배에 올라간 듯하자 양인도가 버둥대며 소리쳤다.

"너, 넌 웬 도깨비 같은 놈이냐?"

"흐흐흐. 도깨비라, 괜찮은 말이네."

적어도 아호마제보다는 좋다.

손을 뻗어 양인도의 품을 뒤진 진백천이 작은 동패를 꺼내고 옆구리의 귀두도를 챙겼다.

"찾았다. 흐흐! 무례를 범했으면 사과를 해야지. 이것은 합의금으로 가져가마."

진백천의 손에 들린 동패를 확인한 양인도가 새하얗게 질렸다.

"내 십부장패!"

"이젠 내 거다."

품속에 동패를 갈무리하고, 허리춤의 도까지 빼앗은 악마 같은 꼬마는 헤픈 웃음을 흘리며 양인도를 집어 던졌다.

"나는 진백천이다. 지금은 주찬루에 머물고 있지. 되찾고 싶으면 얼마든지 찾아와라."

四. 말과 수하를 얻다

그 이후로, 진백천은 낭인들이 자주 가는 주루나 객잔에 들러 점찍어 둔 이들을 하나둘 박살을 냈다. 더러는 일부로 시빗거리를 만들어 손을 봐주고 무기와 징표를 강탈하니, 사마맹은 크게 술렁였다.

군부의 징표는 큰 문제가 아니다. 병기는 새로 사면 된다.

문제는 체면이다.

실제로는 약관, 생긴 꼬락서니는 그에 못 미치는 진백천에게 박살이 났으니 깃발 좀 날린다고 거들먹거리던 사파 낭인들의 자존심은 깡그리 뭉개졌다.

몇 번이고 찾아가 진백천에게 덤볐지만 번번히 얼굴이 두 배로 부어 돌아오자, 사마맹의 낭인들은 모일 때마다 무기를 빼앗는 괴이쩍은 아이의 이야기를 했다.

"이봐, 벌써 서른 명째야. 이번에는 대혈검마저 곤죽이 됐다면서?"

"대혈검(大血劍)은 무슨…… 소혈검(小血劍)이겠지. 꼬마 아이 하나 상대 못 하는 검객이 대를 운운한단 말인가?"

"꼬마 아이가 보통 아이인가? 그 유명한 병탈마동(兵脫魔童)이니 어쩔 수 없는 게지."

"그러고 보면 나는 참 행운이야. 적수공권(赤手空拳)이 주특기니 빼앗길 무기도 없지 않은가?"

"이 사람, 큰일 날 소리를 하는군그래. 몰랐나? 얼마 전에 적혈수 급위가 당했지. 자랑하던 적혈수를 맥없이 뚫고 두 손을 부러트렸다더군."

"허억! 무식한 놈일세."

"병탈마동은 적수공권이든 뭐든 가리지 않아. 방심하지 말고 조심하게."

"자네 말이 맞네. 당분간 주루는 얼씬도 말아야겠어."

어느새 또 다른 악명을 떨치게 된 진백천의 이름은 사마맹 낭인들에게 각인되기 시작했다.

이야기는 곧 팽파주에게도 흘러들었다.

마치 함정으로 벌레를 끌어들이는 모래 지옥처럼, 사마맹의 이름 높은 마두들을 주찬루로 끌어들여 곤죽을 만든다는 병탈마동은 그도 알던 이였다.

재미있는 답을 써 냈던 아이가 병탈마동이라는 사실을 발견한 그는, 호기심에 조카 팽한위를 찾아가 물었다.

"한위야, 너도 이야기를 들었느냐?"

"병탈마동에 관한 이야기라면 저도 들었습니다."

"허. 조욱이의 말을 믿지 않았는데, 아주 실력이 없지는 않은 모양이야. 당한 녀석들이 제법 많아."

"양인도라면 사파에서도 꽤 알아주는 고수지요. 일견천잠을 베었다는 허무맹랑한 말은 믿지 못하겠지만, 생각보다 강한 것은 사실인 것 같습니다."

"솔직히 전에 봤을 때는 무공을 익혔다고 생각하지 않았다."

"저도 그렇습니다. 강호에는 태가 나지 않게 내력을 쌓는 방법이 있다더니, 사실인가 봅니다."

"그래서 말인데……."

잠시 말을 멈춘 팽파주가 묘한 어조로 말을 꺼냈다.

"조금 위험하긴 하지만, 백부장으로 기용해 보는 것은 어떨까?"

"백부님! 말도 안 됩니다."

"쯧쯧쯧, 자네도 알다시피 녀석은 제 가치를 증명했지. 십부장패를 빼앗긴 낭인들은 창피해서 군문에 돌아오지도 않는다. 더군다나 믿어지진 않지만, 조욱이가 전에 없이 부탁한 일이야. 군대를 통솔하는 일은 무리라고 생각되기는 하지만 기회를 준다고 나쁠 것은 없지."

그러나 팽한위는 완고했다.

절대 불가를 외치는 조카를 보며 팽파주는 대안을 내놓았다.

"사파의 새로운 부대를 창설했다고 했지? 거기에 편성시키는 거야."

"북상찬명대 말입니까?"

"그래, 엄씨의 두 아이와 같은 나이이니 가끔 서로 보고 지내다 보면 보고 배우는 바가 적지 않을 테니까 괜찮겠지. 문제가 생겨도 사파에서 버린 골칫덩이들을 긁어모아 만든 부대이니 크게 문책을 받을 염려도 없고."

"하긴…… 지금까지 사나운 낭인들을 능수능란하게 다루는 것을 보면 나쁜 일도 아니군요. 하지만, 골칫덩이라고는 해도 개개인의 능력이 뛰어난 녀석들인데, 죽는다면……."

"걱정 마라. 일단은 백부장의 직위를 주고, 독안룡을 붙여 주는 거야. 천진이나 희연이야, 아직 경험이 일천하니 부족하지만 독안룡, 그라면 위기의 상황에서 백 명의 무인을 이끄는 데 부족하지 않으니까."

독안룡은 엄씨 가문의 호위 무사로 실력이 뛰어난 검객이다.

냉정하게 적을 척살하는 검술은 지극히 뛰어나서 강호에서도 명성이 있을 뿐 아니라 전략에도 밝은 인물이었다. 만에 하나 진백천이 실수를 하더라도 충분히 메울 만한 능력이 되겠다 하겠다.

"그렇다면 딱히 거부할 수 없군요."

더 이상 거부하지 못한 팽한위는 결국 승낙하고 말았다.

* * *

백부장이 되었다는 소식에 희희낙락하던 진백천은 뒤따

라 나온 말에 깜짝 놀랐다.

"말이요? 말이나 무기는 부대에서 지급되는 것 아니었습니까?"

팽파주의 말을 전하러 온 장수는 어림도 없다는 투로 대꾸했다.

"모르고 있나 본데, 지금은 전시 상황이다. 말이 부족하고 군자금은 더더욱 부족하지. 특히 강호인들은 승마술을 모르는 이가 많아서 딱히 말을 준비하지 않았다. 다른 이들은 몰라도 소협에게 줄 말은 없다는 것이 팽 천부장님의 전언이었다."

마지막까지 부린 팽한위의 작은 심술이었다.

좋은 자리를 주는 것도 아까운데, 말까지 준다면 얼마나 속이 쓰리겠는가.

"말도 구하기 힘들다면서 어떻게 따로 말을 구해요?"

"근처의 마시장에 들러 알아서 구해야지. 무기도 준비하고 말이야. 대면식이 있기 전까지 준비를 해야 하니 알아서 하여라."

몸을 돌려 사라지는 장수의 말에 진백천이 주머니를 털어 보았다.

은자와 철전 몇 개가 굴러 나왔다.

용돈으로 쓰기에는 충분하지만, 말과 무기까지 사려면 빠듯하다.

지급되는 무기도 있지만, 급조한 탓에 금방 이가 빠지고 몽고와 여진의 두터운 곡도를 받아 내기는 힘들 터.

무기에는 돈을 아끼지 않아야 한다는 사실은 전장에서는 진리였다.

실력과 무공으로 메울 수는 있지만, 진백천은 과거의 오랜 습관이 몸에 배어 있다.

"천마지검을 쓰면 좋지만 전장에서 쓰기에는 너무 짧아."

일단 찾아볼 요량으로 진백천이 발품을 팔았다.

평소에는 거들떠도 보지 않는 무기들이 엄청난 가격에 거래되고 있었다.

금액도 금액이지만, 잘못하다가는 부러질까 걱정되어 제대로 휘두르지도 못하겠다 싶었다.

철을 구해 직접 무기를 만들어 볼까 생각도 해 봤지만 전선에서 가까운 북경의 대장간 장인들은 야박했다.

결국 눈물을 머금고 울며 겨자 먹기로 셈을 치르고 나니 은자가 어느새 반으로 줄어 있었다.

"큰일이네…… 평소에도 사기가 힘든 말을 전시 중에 어떻게 구해."

군마는 덩치도 크고, 체력도 좋은 데다, 조련까지 잘되어 있으니 구할 길이 요원하다.

어쩔 수 없는 일이라 열심히 마시장을 기웃거렸지만 역시나 마땅히 정할 수가 없었다.

가격은 아예 평소의 수배나 호가하고, 그나마 좋은 말은 씨가 말랐다.

아무리 찾아봐도 군마로 쓸 만한 말을 찾지 못하자 진백천은 초원에 나가 야생마를 잡아 오는 일을 심각하게 고민했다.

"야생마는 힘들지. 하루 이틀에 길들일 수 있는 것도 아니고……."

이도저도 못 하고 축 늘어져 걷고 있는데 작은 마시장 한 편에 비쩍 마른 말 한 마리가 눈에 띄었다.

정말이지 별 볼 일 없이 생긴 말이다.

털은 군데군데 빠졌고, 무기력하며, 체구는 남들의 반도 되지 않는다.

누구라도 거들떠보지 않을 말이지만, 진백천은 반색했다.

"말이야 타고 나가기만 하면 됐지. 좋은 말은 나중에 전장에서 빼앗아 타면 되니까, 일단 사고 보자."

하지만, 이내 포기해야했다.

여윈 말은 다리를 절고 있었는데, 기우뚱기우뚱 보보마다 몸이 양쪽으로 흔들린다.

"아무리 전시라 해도 제대로 걷지도 못하는 말을 팔다니."

금방 관심을 거두려는데, 말이 진백천의 어깨에 머리를 부비며 투레질을 한다.

"푸히히힝."

힘이 없기는 하지만 맑은 눈을 보며 진백천이 갈등했다.

'꽤 영리하긴 하군. 하지만, 걷지도 못 하는 말을 어디에 써?'

재차 신형을 돌리려는데 자꾸 묘하게 사람을 부산스럽게 만드는 기이한 기분이 든다.

결국 걸음을 떼지 못한 진백천이 고개를 갸웃거렸다.

"희한하네……."

지인도 아니다. 말과 어깨동무하고 술잔을 나눈 기억도 없다.

인간임에 충실했던 진백천은 아무리 친구가 없다고 해도 말 못 하는 말과 교분을 나눌 정도로 막장은 아니었다.

전생에는 승마술도 못 했으니, 전생의 연도 아닐 텐데 어째서 발걸음이 떨어지지 않을까?

골똘히 생각하고 있는데 상인이 후다닥 다가와 물었다.

"이 말을 사시렵니까?"

"글쎄, 얼마면 살 수 있을까요?"

상인은 말을 힐끔 보더니 대답했다.

"은자 넉 냥 주시오."

"에이, 더 깎아 주세요."

"평소에도 말 값은 넉 냥이지. 하지만, 최근에는 전쟁으로 수배나 뛰었다오. 말이 조금 병이 들어 평소의 가격만 받는 것이니 깎아 줄 수 없네."

말없이 손을 들어 갈기를 쓰다듬자 털이 뭉텅이로 빠져나온다.

"요즘은 말도 탈모에 걸려요?"

"은자 석 냥 반."

듬성듬성 털이 빠진 부분은 가짜 털이나 색을 칠해 감출 요량이다.

하지만, 세상사가 어디 마음대로 되었던가.

말을 씻길 생각으로 물을 한 바가지 부었던 진백천은 아연실색하고 말았다.

"크히히힝!"

고작 물 한 바가지 끼얹었을 뿐인데 사시나무 떨 듯 떨더니 허공을 향해 애절한 비명을 지른다. 너무 차가웠던 모양이다.

이번에는 천으로 등을 문질렀는데 털이 한 움큼 빠져 나왔다.

"크악! 이게 뭐야!"

졸지에 민둥산이 되어 가는 말을 보며 진백천이 새된 비명을 질렀다.

그제야 진백천은 말의 상태가 예상을 아득히 초월할 정도로 나쁘다는 사실을 깨달았다.

"으으으, 내 은자! 이런 먹지도 못 할 놈을 사느라 은자를 두 냥이나 넘게 투자하다니."

전생과 현생을 다 합쳐도 이렇게 약한 말은 처음 봤다.

'정말 말을 업고 달려야 하는 것 아냐?'

마음 한구석에 불안감이 스멀스멀 피어올랐다.

주인의 걱정을 아는지 모르는지, 말은 몸을 부르르 떨더니 비틀거렸다. 혀까지 빼물고 물 밖으로 끄집어진 심해어처럼 헥헥대는 꼴을 보면 당장이라도 숨이 넘어갈 것 같았다.

회생의 기미가 보이기는커녕, 이제는 화산 속으로 뛰어든 미꾸라지처럼 전신 경련까지 온 말을 보며 진백천은 암담한 기분을 아니 느낄 수 없었다.

"진짜 먹어야 하나?"

살코기를 건질 수나 있을까 걱정을 하며 살펴보고 있는데 문득 의아한 기운이 느껴졌다.

처음에는 너무 미약한 기운이라 지나쳤는데, 자꾸 익숙한 기분이 들자 진백천이 곰곰이 생각에 잠기다가 장심을 통해 내공을 밀어 넣었다.

"설마, 이거……?"

세상에서 가장 어이없는 무엇을 본 양 진백천이 더듬거렸다.

"절맥?"

절맥은 대혈. 그러니까, 기가 흐르는 통로에 음기가 쌓여 일어나는 병이다.

반면에 도도히 흐르지 못하는 기가 다른 곳으로 흘러 머리가 좋아진다거나 하지만, 결국은 단명하고 만다.

절맥을 치료하는 방법에는 여러 가지가 있지만, 가장 많이 쓰는 방법은 내가 고수가 막강한 공력을 일으켜 경혈을 타통하는 것이다.

물론, 전설의 영약을 네 개나 먹어 치운 진백천에게 내공은 문제가 되지 않았다.

하지만 문제가 하나 있었다.

"내가 말의 기혈을 어떻게 알아?"

경혈이나 기맥을 모르니 내공만 믿고 무턱대고 치료를 시작할 수가 없다.

무리하게 기를 불어넣었다가는 난생처음 산 말이 한밤중에 피 보라로 변하는 진귀한 경험을 하게 될지도 모른다.

'먹어야 하나? 고쳐야 하나?'

앉은 채로 진백천이 심각하게 고민했다.

"일단 시간이 있으니까 차근차근 생각해 보자."

버림받은 강아지의 눈을 하고 자신을 바라보는 병든 말을 보며 진백천이 한숨 섞인 한마디를 내뱉었다.

* * *

그날을 시작으로 진백천은 천천히 기를 뿜어 말의 내부를 살피는 일에 몰두했다.

한쪽에 준비한 종이에 혈맥을 파악할 때마다 적어 넣기 시작했는데, 속도는 더디고 힘들었다.

세밀하게 타인의 몸 안으로 내공을 밀어 넣는 일은 피곤하기 짝이 없는 일이지만 끈기와 독기만은 자타가 공인하는 진백천은 끝까지 매달렸다.

한편으로는 시간이 날 때마다 약을 구해 먹였다.

닷새가 넘은 날, 하루 종일 기를 불어넣던 진백천이 그제야 말에게서 떨어졌다.

"죽겠다. 눈앞이 핑핑 도네."

바닥에 대자로 누워 헥헥대던 진백천이 꾸물꾸물 바닥을 기어 곁에 쌓아 둔 종이를 펼쳐 들었다.

종이 위에는 말의 해부도와 함께 간략한 기와 피의 행로가 적혀 있었다.

사흘 동안 얻은 성과였다.

이리저리 혈맥을 짚어 보던 진백천이 입맛을 다셨다.

"쩝, 그럭저럭 괜찮네."

소득도 있다.

치료를 하면서 절맥에 걸린 말의 기가 마치 상천신공의 구결처럼 흘러간다는 사실을 깨달았던 것이다.

음양쌍절수 중 음의 기운을 빙백신공에서 따왔던 것처럼 혹시 상천신공도 구음절맥에서 영감을 얻지 않았을까 생각해 본다.

절맥의 부작용을 인위적으로 일으켜 기억력을 향상시키고 인지를 넓힌다니, 정말 기발하기 짝이 없는 련주의 능력이다.

새삼 두려움이 샘솟는 것을 느낀 진백천은 애써 무시하며 말에게로 시선을 돌렸다.

"잠시만 기다려라. 내가 너를 곧 낫게 해 주마."

등을 쓰다듬으며 말하자, 영리한 말은 마치 화답을 하듯이 투레질을 했다.

다음 날, 좋은 물과 숯을 구해 정성스레 달여 먹인 진백천이 팔을 걷었다.

활인생사의결에 따라 양기를 채우는 약을 먹자 기운이 났는지 말은 제법 종종거리며 작은 마구간 안을 돌아다녔다.

슬슬 본격적인 치료를 할 요량으로 말에게 다가간 진백천이 검지를 들어 올렸다.

"잘 들어라. 이제부터 내가 너를 치료할 거야."

"히히히히힝."

"역시 말 대가리. 다시 설명하마. 가능한 비명을 지르면 안 되고, 움직여서도 안 돼. 아프다고 날뛰면 명년 오늘이 네 제삿날이다."

"푸히히힝."

말을 알아들으면 축생이 아니라 영물이라 해야 한다.

진백천은 엄한 교관이었고, 자신의 수련생이 이해를 못 하는 꼴을 두고 보지 못한다.

"말 대가리한테 기대한 내가 바보지. 그냥, 네 멋대로 해라. 네가 죽으면 아쉽기는 하지만 내가 먹어 주마. 너 푸히힝 하면 나 냠냠 쩝쩝이다, 이놈아."

"푸, 헤히히힝."

말은 못 알아듣지만, 혓바닥을 날름거리며 덧붙인 한마디는 잘 이해한 모양이었다.

좌수를 말의 목에, 우수를 배에 가져간 진백천이 내공을 서서히 끌어올렸다.

잠자고 있던 거력이 몰아치며 장심을 타고 말의 경력으로 밀려들었다.

드드드드.

바람 한 점 없는 마구간 안에 폭풍이 몰아쳤다.

소매가 펄럭이고 당장에 낡은 마구간이 부서질 듯 삐걱거렸다.

말이 기를 쓰고 참아 내자 진백천이 더욱 기운을 끌어올렸다.

후웅.

막강한 거력이 장심을 통해 흘러 들어가더니 막히고 꼬인 혈도를 타통시키며 나아간다.

툭. 투툭. 투툭.

전신에 곤두선 힘줄이 꿈틀거리며 혈도가 뚫린다.

말의 전신으로 내공이 흘러들며 콩 볶는 소리가 요란하게 들렸다.

다행히 말은 잘 참고 견딘다.

일거에 승부를 볼 요량으로 진백천이 세 번째 거력을 끌어낸다.

끝을 알 수 없는 내력이 밀려들자 동시에 전신의 혈도가 터져 나갈 듯 부풀었다.

경락기혈과 십이혈로(十二血路)가 타통되며 아홉 개 대혈을 막고 있던 냉기가 녹아내리기 시작했다.

내력을 밀어 넣는 한편, 좌수로는 녹아내린 음기를 끌어들였다.

차고 더운 기운이 오락가락하자 말은 괴로워하면서도 필사적으로 버텼다.

"끄으으으으."

살고자 하는 욕구는 말이라고 다를 턱이 없다.

영리한 터라 자신이 무엇을 해야 하는지 정확히 알고 있는 말은 끝까지 제자리에서 힘을 온전히 받아 냈다.

"하압!"

마지막으로 대하와 같은 기를 밀어 넣자 벼락을 맞은 것처럼 붕 떠오르더니 거체가 서서히 기울어졌다.

"휴우, 힘들었다."

땀을 훔치며 진백천이 물러섰다.

어깨를 톡톡 두들겨 근육을 이완시키고는 누워서 잠이 든 말을 살폈다.

안색에 온기가 돌아오는 것을 확인하고 나니 이제야 안심이 되었다.

"하, 정말 의외야. 말 대가리가 단전을 만들 수 있을 것이라고는 생각을 못 했는데."

내공의 양을 조절하지 못해 대혈을 뚫고 여력이 남아 당황했었다.

거센 기운이 가시지 않은 내공을 제대로 흘려보내지 못하면 심장이 곤죽이 될 상황이었던 것이다.

그때, 놀랍게도 말이 직접 내공을 운기했다.

평생 희한한 일을 꽤 겪었다고 자부하는 그로서도 말이 직접 내공을 움직인다는 이야기는 듣도 보도 못했다.

아마 구음절맥에 걸려 영성을 가지더니, 꽤 재미있는 일을 하지 않았는가 말이다.

"이제는 탈 수 있겠구나."

진백천은 말을 업고 달리지 않아도 된다는 사실이 너무나도 행복했다.

* * *

엄천진은 엄씨 장군가의 종손이다.

어렸을 적부터 좋은 교육과 무공을 배워 왔고, 가끔 타계한 선친을 따라 어린 나이에 북방의 전투도 종종 구경하곤 했다.

일신의 심성이 나쁘지 않고, 성정도 삿되지 않아 제법 그럴 듯한 장재(將材)로 자라나게 되었다.

둘째인 엄희연 또한 좋은 인재였다.

여자의 몸이지만 엄씨 가문은 싸울 수 있는 힘이 있다면 남녀노소를 가리지 않고 전쟁에 뛰어들 각오를 가지게 했다.

이는 제법 부풀어 오르는 가슴을 가지고 봄날 망아지처럼 뛰어다니는 그녀도 다르지 않았다.

천자문을 익히자마자 남들이 읽는 사서삼경 대신 십팔사략을 읽었으며, 동네 아이들이 인형을 가지고 놀 때 엄륭은 칼을 쥐어 주었다.

밖에서는 엄하지만, 집에서는 인자했던 엄륭이 죄를 짓고 스스로 포승줄에 묶여 옥으로 들어가자 가세는 크게 기울었다.

전전긍긍하는 엄천진에게 독안룡이 찾아왔다.

"소가주, 팽 어르신께서 북상찬명대를 맡아 달라는 말을 하시더군요."

"북상찬명대라…… 처음 들어 보는 조직이군요."

"사마맹의 낭인들을 모아 만들었다고 합니다."

공손한 독안룡의 말에 엄희연이 길길이 날뛰었다.

"정말 너무해. 본가가 나라에 충성한 지 얼마나 오래되었는데 고작 사마맹의 낭인들 따위와 엮어 놓는 거지요?"

"아가씨, 개개인의 무공이 뛰어나고, 생존 능력이 강하다고 하니 꼭 나쁜 일만은 아닙니다."

"사마맹의 낭인들은 광폭한 성격에 전법도 모르는 우매한 이들이에요. 아무리 근자에 들어 소홀해지기는 했지만, 팽가가 어찌 이렇게 우리를 홀대할 수 있죠?"

"희연아, 그만해라."

잠자코 있던 엄천진이 나직하게 입을 연다.

"팽 어르신은 우리를 쉽게 내치실 분이 아니다. 그분이 그렇게 지시하였다면, 그만한 이유가 있겠지. 그렇지 않은가?"

내심 고개를 끄덕이며 독안룡이 긍정을 표했다.

"그렇습니다. 군이 확충되며 황도에서 전과 같은 비리를 막겠다고 관철 감찰사를 보냈지요. 지금 덕원파 장수들과 친하게 지내며 이윤기를 위시한 장수과 반목하고 있는데, 이 와중에 엄씨 가문이 말려들 우려가 있습니다. 정규군에 들어간다면 오히려 두 세력의 장수들에게 견제마저 받을 터이니, 차라리 어느 파벌에도 속하지 않은 낭인들이 안전합니다."

호랑이가 죽으면 여우가 왕 노릇을 하기 위해 기회를 보는 법이다.

엄씨 장군가라는 나라의 거목이 쓰러지자, 기회를 노리던 두 장수가 나타났고, 한번 권력의 맛을 본 이후 물러서려 하지 않았다.

엄씨 가문은 오랫동안 명장을 배출한 군부의 명문.

그나마 이윤기는 몰라도 중앙에서 파견 온 타지 출신 덕원에게는 눈엣가시이니까.

"그도 그렇군요. 중앙에서도 본가를 견제하고 있었으니, 관철의 눈을 피하는 것도 좋은 방법입니다. 공적을 한시라도 빨리 세워서 가문의 이름을 회복하는 것이 중요하니까요."

아직 어린 청년 무장치고는 지극히 날카로운 판단이었다.

* * *

황도에서 온 감찰사인 관철은 북경에 도착하자마자 거대한 장원을 샀다.

평소라면 생각도 못 한 지출은 어림도 없을 테지만 능력 있는 총관은 모든 것을 가능케 했다.

무엇보다 직접 자신이 행차하자 은근슬쩍 찾아와 뇌물을 찔러 주는 덕원 덕에 이제는 걱정이나 어려움이 없는 지경에 이르렀다.

"총관, 오늘은 누가 오기로 했지?"

"덕원 장군님께서 몸소 휘하 장수들을 데리고 방문하기로 되어 있습니다."

"정말이지, 마음에 드는 사람이야. 북경과 같은 오지에 그런 인물이 있다고는 생각 못 했다."

능력도 능력이지만 뇌물을 찔러 주고 요구함이 지극히 합당하니, 황도에서 군벌을 끌어들이라는 명령을 받고 온 관철로서는 참으로 기꺼운 사람이다.

"참, 엄씨의 두 연놈은 어떻게 되었나?"

"십부장에 임명되었다는 말을 들었습니다."

염소 수염을 파들거리며 대꾸하는 총관을 보던 관철이 눈썹을 역팔자로 휘었다.

한때, 엄륭에게 크게 당한 바 있는 관철은 엄씨 이야기만 나오면 화를 냈다.

"십부장? 어린 나이에 십부장이면 나쁘지 않은 자리지."

"과거의 엄씨 가문이라면 생각도 못 할 위치지요. 무엇보다 정규군도 아니고 미천한 낭인들을 통솔하는 자리니 없는 것이나 마찬가지입니다."

고개를 조아리며 낭인들을 언급하는 총관을 보며 그제야 관철이 찌푸린 눈매를 풀었다.

"하긴, 사마맹의 낭인들이면 머리도 없는 얼간이들이지."

"애초에 아군에게 도움이 되기는커녕 피해만 주는 족속들입니다. 그럴 듯한 자리를 주는 쪽이 모양새도 좋고 뒤탈도 없지요."

뒤탈이 없다는 말은 잘생겼다는 말 다음으로 가장 좋아하는 말이다.

비대한 체구에 개기름이 사시사철 마르지 않는 관철의 모습을 생각한다면 참으로 솔깃한 말이리라.

"그건 그래. 나는 군벌만 포섭하면 되지. 어린놈들이야 총관이 알아서 하게. 엄가가 공을 세우지 못하도록 덕원장군에게 말해 훼방을 놓는 것도 잊지 말고 말이야."

"예, 알겠습니다. 관찰사 대인."

* * *

깨어난 말은 이제 제 발로 걸을 정도로 힘을 회복했다.

비상식량으로 구입했던 말이 제법 종종거리며 뛰어다니자 진백천은 가슴을 쓸어내렸다.

마구만 올려도 죽을상을 하는 꼴은 여전했지만, 조만간 힘을 회복하면 그럭저럭 올라탈 수도 있겠다 싶었던 것이다.

진백천은 자신의 능력을 아끼지 않았다.

이왕 전장을 함께할 반려가 되었으니, 요리와 의술을 아끼지 않고 퍼부어 말먹이를 만들지 않을 이유가 없지 않는가 말이다.

낮에는 약을 구하러 근처의 초원을 돌아다니고 밤낮으로 영양이 좋은 음식을 먹였더니, 채 열흘이 되기 전에 제법 쓸 만한 모양새를 갖추기 시작했다.

겉보기에는 여전히 털이 빠진 비루한 말이고, 다리를 저는 습관은 나아지지 않았다.

하지만 여느 말보다 튼튼하고 영리했다.

하루는 짬을 내서 초원을 달렸는데, 잡털이 섞인 몸이 붉게 변하는 것이 아닌가.

천으로 닦아 보니 불그스름한 땀이 번져 나왔다.

"이건 뭐냐?"

깜짝 놀라 말을 살폈지만 딱히 이상한 부분은 없었다.

붉게 변한 가운데 한가로이 풀을 뜯을 따름이다.

"하, 옛날에 대완마라는 말 중에 신비한 능력을 가진 말을 한혈마라 부른다더니……."

이야기에 따르면 한혈마는 돌을 밟으면 돌 위에 발굽 자국이 나고, 진흙 위를 평지처럼 내달리며, 전견박부(前肩膊部)에서 피 같은 땀을 흘리고 하루에 천 리를 간다고 했다.

하지만, 아무리 봐도 골골거리는 말을 그런 명마로 보기는 어려웠다.

털도 잡털에 민둥산이라 볼품도 없고, 비쩍 마른 것은 여전하며, 다리까지 전다.

피식 웃은 진백천이 말갈기를 쓰다듬으며 말했다.

“대완마는 무슨…… 넌 오늘부터 그냥 소완마나 해라.”

“히히히힝.”

좋은지 나쁜지 소완마는 그저 울어 보일 뿐이다.

五. 백부장 진백천

소완마를 살찌우는 나날 가운데 기다리고 있던 전령이 찾아왔다.

"진백천 되는가?"

다짜고짜 찾아온 전령은 진백천의 위아래를 살펴보더니 이맛살을 찌푸렸다.

"병탈마동이라더니, 정말로 어린아이군."

"무슨 일로 오셨습니까?"

"여기 백부장 증명패가 있다. 받아서 가면 된다."

백부장 패는 철판에 간략히 신상을 적어 신분을 증명하는 패다.

십부장은 동패, 천부장 만부장은 각각 은패와 금패를 쓴다.

일찍이 낭인들의 품을 뒤져 구경해 본 적 있는 터라 대뜸 받아 품에 갈무리했다.

못마땅한 모습으로 하는 양을 지켜보던 전령은 손을 흔들어 뒤에 있는 군사들에게 손짓했다.

낑낑거리며 두 사람이 커다란 궤짝을 가지고 왔는데 열어 보니 흑색의 갑주가 들어 있었다.

"백부장의 갑주다. 조만간 전법 훈련을 할 테니 착용을 하고 연습에 임해야 한다."

"제법 잘 만들었네요."

한때 쇠 좀 만지고, 침 좀 뱉어 봤던 진백천은 한눈에 갑주가 공들여 만든 물건임을 알았다.

철을 적게 쓰려는 이유인지 주요 부위만 가린 단출한 갑옷이었지만 충분히 좋다.

"요격대는 위험한 임무를 많이 맡으니 선두의 십부장들을 위해 특별히 제작한 것이지. 요격과 기습에 재빠르게 반응할 수 있도록 특별히 만들었다."

사실은 엄천진이 공을 세울 기회를 주기 위해 팽파주가 손을 썼지만, 내막을 모르는 진백천은 길 가다가 돈을 주운 모양으로 즐거워했다.

"말은 가지고 있군. 마갑은 준비하려면 시간이 조금 걸리는데 이왕이면 전투마를 지급받으면 될 것을 귀찮게 하는군."

"팽 장군께서 말을 구입해 오라는 말이 있어 말을 구했는데 무슨 소립니까?"

도리어 전령은 어이가 없다는 듯이 대꾸했다.

"빌어먹을 전쟁에 끌려오는 것도 억울한데 무기에 말까지 사 오는 경우가 어디 있나? 돈 없어 팔려 온 사파 놈들에게 말까지 사 오라고 시킨다면 전부 도망갈 것이 뻔하지. 여하튼 마갑은 닷새면 구할 수 있으니, 그런 줄 알아라."

잡놈이 나를 속였구나.

의외의 뒤통수에 이를 부득 갈아 보지만, 진백천은 금방 마음을 가라앉혔다.

소완마가 제법 마음이 든 진백천이다. 우연으로 얻기는 했지만 좋은 말을 싸게 구할 수 있었으니 딱히 나쁘다고만 할 일은 아니니까.

임명장에 나온 장소를 찾아가자 한적한 곳에 제법 근사한 연무장을 갖춘 전각이 나왔다.

낭인들을 모아 만든 것치고는 파격적이라고 할 만큼 잘 만들어지지 않았는가.

가벼운 발걸음으로 들어서던 진백천이 인상을 썼다.

부대라…….

솔직히 큰 기대는 안 했다.

명가의 자손도 아니고, 뒷배가 있는 것도 아니니까.

명호도 병탈마동.

악의적인 농담 수준의 것이라 대우가 나빠도 어쩔 수 없지.

하지만 이건 너무하잖아.

"요즘에는 귀뚜라미한테 검 쥐어 주면 무사가 되나?"

연무장 곳곳에 늘어져 있는 낭인들을 돌아보며 진백천이 푸념했다.

동화와 함께 멀뚱거리며 앉아 있던 양인도가 진백천을

발견하고는 한걸음에 달려왔다.

"네 이놈, 여기는 웬일이냐?"

"말하는 곰이 여기에 있었네?"

"병탈마동! 내 도를 내놔라!"

"악! 진백천!"

양인도의 분노에 찬 외침을 귓등으로 흘리며 진백천이 지나치려는데, 한쪽에서 새된 비명이 들려왔다.

고개만 돌려 바라보니 어딘가 익숙한 얼굴이 있었다.

"익숙한 얼굴이네, 누구시더라?"

"사시다! 사시!"

"사시가 누구지?"

골똘히 머릿속의 기억을 떠올리는 진백천을 보며 사시가 이를 갈았다.

"궁술 대회! 낙조문! 감히 나를 잊었다고 하는 거냐?"

"아, 미안. 별로 알아서 도움이 안 될 녀석이라 잊고 있었다. 잘 지냈어? 오랜만이야. 잘 지냈나 보네? 신수가 훤하다, 야."

사실 사시는 농담으로라도 잘 지낸 행색은 아니다.

정갈했을 의복은 피와 얼룩으로 도배가 되다시피 하고, 얼굴은 피곤에 찌들어 당장이라도 쓰러져 넘어갈 것 같다.

"잘난 집 아들내미가 여기는 웬일이냐? 언제 개방에 들어간 거야?"

"나는 문파의 명예를 드높이고자 왔다. 나를 모욕하지

마라, 진백천!"

"너는 목욕 좀 해야겠다. 에이, 더러운 놈."

"이익! 일시괴동! 이놈!"

이를 악물었지만, 제대로 혼쭐이 난 적이 있는 사시는 함부로 덤벼들지 못했다.

하지만 다른 사람까지 그런 것은 아니다.

십부장 중 하나인 잔향검 야율도량은 진백천을 보며 어처구니없다는 표정을 지었다.

"이 꼬마가 병탈마동? 소문과는 다르군. 웬 햇병아리가 전쟁에 나왔냐?"

"짝다리. 너는 여기가 의방인 줄 알고 찾아온 거냐? 비켜."

잔향검은 다리를 전다.

선천적인 습관 같은 것으로 개인적인 치부와도 같은 것이다.

단숨에 분노한 그가 은근히 살기를 끌어올리며 검에 손을 가져갔다.

"혓바닥을 반토막 내면 그 비천한 주둥이도 조금 나아지지 않을까?"

"그럴까? 시도해 본 적이 있어야지."

"어린놈이 상관이라고 설치면 어떻게 되는지 보여 주지."

야율도량이 살기를 끌어올리며 검을 집어 가는데 연무장의 문턱을 넘는 네 명의 인형이 있었다. 그중 제일 앞선 장수가 버럭 호통을 질렀다.

"이게 뭣들 하는 짓들인가?"

팽한위였다.

직접 엄천진을 데리고 방문한 그가 노기 어린 어조로 주위를 둘러보았다.

하북 팽가의 도식을 연마한 팽한위는 대단한 고수다.

특히 군부에서의 위치는 가히 넘볼 수 없어 장내의 모두는 그만 고개를 돌려 버렸다.

야율도랑도 검에서 손을 떼며 물러났다.

"흥이 깨졌군."

소란이 진정되자 팽한위가 그들 가운데로 걸어 나가며 뒤따르는 셋을 소개했다.

"앞으로 전우가 될 사람들끼리 싸우면 쓰나? 처음 만난 사이니 어색해도 어쩔 수 없지만 사사로운 싸움은 불허한다."

"팽 장군. 혹시나 해서 하는 말인데 이 꼬마가 정말 우리의 상관이오?"

"이미 말을 나눴다면 알지 않는가?"

"흥!"

콧방귀를 뀌며 물러서는 야율도량을 보며 팽한위가 내심 쾌재를 불렀다.

'후후후. 야율도량은 잔인한 검객이지. 양인도야 멍청하니 대충 속여 넘겼다 치더라도 뒤끝이 없거든. 하지만 피 냄새를 쫓아다니는 잔향검의 집요한 괴롭힘에서 자유로울 수 있을까?'

어쩌다 보니 중책을 맡기게 되었지만, 솔직히 기대는 하지 않는다.

사고가 나도 독안룡이 있으니 안심이다. 팽한위의 눈에 진백천은 없어도 그만, 있어도 그만인 존재일 따름이다.

기용을 크게 반대하지 않은 이유도 엄천진이 공을 세우는 데 방패막이 되어 줄 사람이 필요해서가 아니었는가.

독안룡은 강호에서도 위명을 날리던 고수다.

특히 전쟁의 감각은 더욱 뛰어나니 하늘 높은 줄 모르고 날뛰는 천둥벌거숭이의 버릇을 제대로 고쳐 줄 터.

"이쪽은 엄천진과 엄희연. 너희들과 같은 십부장이다."

"흥! 새파란 애송이들이 우리와 나란히 서겠다니, 어처구니가 없군."

"그 입을 조심하라."

십부장 쌍검 안사건이 어처구니없다는 표정을 짓자 뒤에 시립해 있던 독안룡이 나섰다. 한 발 걸어 나오며 기세를 끌어올리는데, 전신을 압박하는 살기에 안사건이 뒤로 물러나며 신음처럼 중얼거렸다.

"독안? 설마 엄씨 장군가의 독안룡?"

"소가주를 욕보이는 자는 이 자리에서 즉결 처분이다."

낮게 으르렁거리는 독안룡은 과연 명성에 뒤지지 않는다.

안사건도 일류를 넘은 실력이긴 하지만, 독안룡에게는 미치지 못함을 깨달았다.

'한 수? 두 수? 빌어먹을, 이길 수 없는 상대다.'

가만가만 쌍검의 검봉을 어루만지며 등줄기에 돋는 소름을 가라앉혔다.

역시나, 전장에는 독안의 혈룡이 있다더니, 과연 그에 걸맞은 패기와 기백 아닌가.

또한, 엄씨 가문의 두 남매에 대해서도 잘 알고 있는 그들인지라, 어째서 팽한위나 되는 높은 장수가 직접 대동하고 왔는지 이해가 갔다.

장내가 정리되자 기다렸다는 듯이 팽한위가 주위를 돌아보며 말을 시작한다.

"엄천진과 엄희연은 너희가 생각하는 대로 엄 장군가의 자제들이다. 다만, 좋지 않은 일이 있어 십부장의 위치에 있지만, 후일은 모르는 법. 자중하여 대하도록 하라. 아니, 내가 나서기 전에 독안룡이 나설 테니 걱정을 하지 않아도 되겠군."

"으음……."

"독안룡이 고작 십인대장이라니……."

천인대장을 넘어 만부장을 넘보던 독안룡이다.

능력도 실력도 충분하지만, 가주의 위에 있을 수 없다는 이유로 스스로를 낮춘 그는 군부의 영웅이나 다름이 없었다.

팽한위가 말을 잇는다.

"북상찬명대는 어떤 천인대나 만인대에도 속하지 않는다. 나와 팽파주 님의 직속이라고 해야겠지. 너희들의 상관은 진백천이지만, 모든 훈련은 독안룡에게 일임한다. 만약에 불만이 있는 자라면 당장 나서라."

전장에서 하루 이틀 굴러먹던 이들이 아니다.

뛰어난 상관은 든든한 구명줄이나 다름이 없다.

독안룡쯤 되는 인재가 고작 십인대장에 있는 이유는 이해가 되지 않지만, 피해는커녕 득이 되니 입을 놀려 무엇하겠는가.

대꾸가 없자 팽한위는 만족스러운 표정을 지우지 않았다.

"참, 출진 전에 간단한 전술 훈련이 있을 것이다. 단체 훈련 또한 닷새에 한 번 꼴로 있으니, 뒤처지지 않도록 노력하라."

언젠가 엄천진의 공을 위해 힘쓸 이들이다. 조금 긴장감을 높여 줄 필요가 있다.

* * *

전술 훈련.

북상찬명대에서 요구하는 전술은 크게 다섯 가지였다.

방진과 돌격진. 기습을 할 때 주요한 쇄진.

그리고 마상 전투 시 가능한 전투와 방어의 진형이다.

전술의 훈련은 초장부터 삐걱거리기 시작했는데, 바로 진백천의 존재 때문이었다.

말이랍시고 타고 온 것은 털이 듬성듬성 빠져 마치 원형탈모증을 전신에 앓고 있어 보이는 조랑말이고, 주인도 갑주는 입고 있는데 귀찮은지 대충 걸쳐 놓은 수준이며, 투구는 어디에 버렸는지 쓰고 있지도 않는다.

갑주도 제대로 입지 못한 주제에 무기는 네 개나 가지고 다니는데, 창은 길어서 땅에 끌리고 도는 아예 바지춤을 내리는 용도로 쓰인다.

영락없이 아이에게 무기를 쥐어 주고 전장으로 내몬 모습이라 병탈마동의 소문을 듣던 이들은 물론, 실력을 직접 견식한 양인도마저 근처에 얼씬도 하려 하지 않았다.

백부장에 대한 대우가 그 모양이니 훈련이 제대로 될 수 있겠는가?

더욱 큰 문제는 진백천의 태도다.

대원들이 무시를 하면 뭔가 조치를 취해야 하는데, 아무 일도 하지 않고 연무장 한 귀퉁이를 차지해 말을 풀어놓고는 혼자 낮잠이나 즐겼다.

더운 햇빛 아래 땀과 흙먼지가 범벅이 되어 훈련을 하고 있는 이들이 혼자 편하게 세월을 보내는 진백천을 좋게 볼리 만무했다.

초반에 참가한 다섯 번의 단체 훈련에서 손발이 안 맞자 훈련을 맡고 있는 천부장이 말했다.

"자네들 육 대는 연계가 결여되어 있어. 훈련은 아예 개판이고 나아지는 기미조차 없군. 군대는 놀러 오는 장소가 아니다. 당분간 감봉이다. 다음에도 이따위 모습을 보여준다면 감봉에 더하여 나중에 받을 임금에서 벌금을 제할 테니 알아서 하여라."

대장이랍시고 얼쩡거리는 놈이 꼴 보기 싫어 대충 훈련

에 임했던 이들은 당장 돈이 줄어들자 크게 역정을 냈다.

특히 양인도는 하루 벌어 하루 술 사 먹는, 무절제한 남자의 표본이다. 인내심이라곤 개미 눈곱만큼도 없으니 금방 성을 내며 길길이 날뛰었다.

"이런, 젠장! 진백천. 너는 대장이라는 놈이 이 꼴이 되도록 가만히 있는단 말이냐?"

양인도가 십부장들과 병사들을 끌고 가서 성을 냈다.

얼굴까지 붉힌 양인도와 다르게 진백천의 대꾸는 미적지근했다.

"……글쎄."

의욕이란 요만큼도 없는 어조로 한 손에 반검을 덜렁거리며 대답한다.

"내가 꿈꾸는 이상적인 상관은 말야. 일은 안 하고 놀면서 공만 받아 챙기는 거야. 아, 햇살 따가워."

양인도가 길길이 날뛰었지만, 연무장에서 뒹굴던 진백천은 반대편으로 돌아눕는 것으로 대답을 대신했다.

"크윽."

일전에 당한 꼴이 있어서 감히 덤비지는 못한 양인도는 독안룡을 찾아갔다.

감봉에 대한 걱정은 없지만, 독안룡은 소가주의 이름에 먹칠을 하고 싶지 않아서인지 금방 응낙했다.

하지만 조건이 붙었다.

"전시에 나의 명령에 따른다면 허락하마."

백부장이 있는데 십인대장의 말을 들으라는 뜻은 단순한 월권행위를 넘어 하극상으로까지 불릴 수 있는 위험한 사항이다.

"은자만 제때 받고 술 먹을 기회만 있다면 상관없습니다."
"……그 말에 따르겠소."

북상찬명대의 육 대 중 어느 누구도 진백천을 상관으로 인정하는 이는 없었다.
당장이라도 쫓아낼 분위기가 팽배하여, 진백천의 위상은 서서히 벼랑 끝으로 내몰리고 있었다.
두 번째 사달은 얼마 지나지 않아 일어났다.
다음에 시작된 전술 훈련에서 북상찬명대는 제법 괜찮은 성과를 냈다.
뚜렷하게 향상된 움직임과 검진의 견고함.
훈련 교관이 적이 감탄한 어조로 칭찬했다.
"상당히 움직임이 좋아졌군. 대단해."
독안룡이 나서려는데, 먼저 진백천이 교관 앞으로 뛰어가며 양손을 마주 잡고 비벼 댔다.
"헤헤헤. 고생을 제법 했지요."
"허! 어린 나이에 전술의 이해도가 상당히 높아. 확실히 움직일 길을 알고 있어."

"제가 마음만 먹으면 식은 죽 먹기입니다. 원체 머리가 안 좋은 놈들이라 꽤 애를 먹었지만, 제가 최선을 다해 훈련에 임하니 금방 좋아졌죠. 아니, 이렇게 좋은 전술을 가르쳐 주신 교관님의 도움이 좋다고 해야겠군요."

"하하하! 자네 마음에 드는군."

간신배 빰치는 나긋나긋한 어조와 아부 신공으로 크게 만족한 교관이 돌아가자 독안룡이 따지고 나섰다.

"너무하는군. 훈련은커녕, 잠만 퍼 자던 놈이 양심도 없나?"

"양심? 그게 뭔데?"

독안룡의 반박에 진백천은 무슨 소리냐는 듯 되레 언성을 높였다.

"원래 상관은 부하들이 피땀 흘려 번 공을 먹고사는 존재야. 넌 나를 위해 희생하는 훌륭한 부하고."

울컥하는 기분이 목까지 치밀어 올랐지만, 주변에 눈이 많은 터라 독안룡은 감히 손을 쓸 수 없었다.

똥은 더러워서 피하지 무서워서 피하지 않는다.

싸늘하게 외눈으로 노려보는 것으로 대꾸를 대신한 독안룡은 그저 진백천을 무시하기로 했다.

사건은 결국 터져 나가 버렸다.

공을 독식하는 것은 무시하고 넘어간다.

하지만, 독안룡이 훈련을 시킨 육 대는 좋은 움직임을 보였고, 곧 포상을 받으면서 문제가 생겼다.

대가로 나온 포상을 진백천이 모조리 챙겨 버린 것이다.

이번에는 야율도량이 펄쩍 뛰고 나섰다.

잔향검은 찢어지게 가난하여 꾸준히 검을 팔아 돈을 벌어 집에 부치는 낭인이다.

단번에 광분해서 진백천을 찾아가 따졌다.

“진백천, 이 어린 도둑놈아! 하는 일이라고는 누워서 자는 것밖에 없는 허수아비 놈이, 감히 내 돈을 갈취하다니! 간이 부었구나!”

“야율도량, 상관한테 따질 시간 있으면 돌아가서 훈련이나 해.”

“미친놈. 그동안 고이 봐줬더니 너무 안하무인이다. 내 돈 내놔라.”

“돈이라니, 무슨 소리를 하는지 모르겠군. 봐주기 싫으면 아예 고개를 돌리고 있어라. 끝까지 시비 걸지 말고.”

모르쇠로 일관하는 진백천을 보며 야율도량이 참아 왔던 화를 터트렸다.

“개자식! 혼쭐을 내 주마. 일어서라!”

검까지 빼어 든 야율도량을 힐끔 본 진백천이 게으름이 뚝뚝 떨어지는 얼굴로 중얼거렸다.

“뙤약볕 아래서 싸우기는 힘든데…….”

“당장 일어서라.”

“귀찮은데…….”

엉덩이가 만 근이나 되는지 귀찮은 티 팍팍 내며 일어나는 꼴이 심히 눈에 밟혔다.

아무리 야율도량이 사파의 무사라지만 일어서지 않은 아이를 공격할 정도는 아니다. 하지만, 엉덩이를 바닥에서 떼는 데만도 일다경 넘게 걸리자 홀라당 폭발해 버렸다.

"아예 일어서지 못하게 해 주마!"

쉬익!

날카로운 검로가 진백천의 다리를 베어 갔다.

폴짝 뛰어 뒤로 물러난 진백천이 세상에서 가장 더러운 무언가를 본 천진한 아이처럼 눈매를 찌푸렸다.

"어머, 저질. 아직 일어서지도 않은 아이를 공격하냐?"

"제법 빠르긴 하구나."

"저질보다는 빨라야지 풍진 세상에서 밥 빌어먹지."

야율도량은 머리끝까지 화가 났지만, 감히 쉽게 달려들 수 없었다.

방금은 위협할 셈으로 펼친 공격이지만 상대는 너무나 쉽게 피해 버렸다.

어찌나 날랜 움직임인지 다리를 베었다고 판단했는데, 상념이 채 끝나기도 전에 진백천은 자신과 반 장 떨어진 거리에 서 있다.

"역시, 병탈마동! 숨겨 둔 한 수는 있다는 건가?"

"한 수, 한 수 하고 나불대던 놈, 여럿 깨졌다. 나는 몇 수 하니까 나중에 후회하지 마."

"정식으로 비무를 신청한다. 나는 잔향검 야율도량이다."

"죽은 자식 불알 만지기네. 칼질해 놓고 인사하는 싸가지는 어느 구멍에서 배웠냐?"

진백천의 몹쓸 맞은 주둥이가 여지없이 가슴을 후벼 팠다.

사마맹에서 제법 입담이 강하다고 자부하던 야율도량이지만 도무지 진백천의 입담을 당해 낼 재간이 없었다. 그저 주둥이를 무섭게 노려보며 진중하게 검을 고쳐 쥘 뿐이다.

발끝에 힘을 주고 어느 방향에서건 공격할 수 있도록 근육을 이완시킨 야율도량에게서 칼날 같은 기도가 뿜어져 나왔다.

당장에라도 비호처럼 달려들 준비가 된 반면, 진백천은 그저 축 늘어지듯 선다.

두 팔은 어깨에 매달린 모양으로 덜렁거리고, 어깨는 처졌고, 눈은 풀어졌다.

누구라도 달려가서 때려눕힐 수 있을 것 같은 상판이었지만, 야율도량은 도무지 파고들 틈을 찾지 못했다.

'이게 무슨 기분이지? 사방에서 살기가 나를 옥죈다.'

주춤거리며 싸울 기미가 보이지 않자, 주위에서 구경하던 육 대원들이 야유를 퍼부었다.

"뭐 하냐, 야율도량! 단숨에 싸가지 없는 꼬마를 베어 버려!"

'말은 쉽지.'

속으로 야율도량이 비명을 질렀다.

어디를 베어야 한단 말인가? 도무지 틈이 없다.

평소에 환검과 쾌검으로 스스로의 검에 자신이 있던 야

율도량은 암담한 기분에 휩싸이고 말았다. 눈앞의 진백천이 거대한 산과 같이 느껴지자 또르륵 식은땀이 손등을 타고 흘러내렸다.

공격은커녕 겁까지 집어먹는 야율도량을 보며 진백천이 피식거렸다.

“칼질하던 놈이 갑자기 부처라도 됐냐? 칼을 뽑았으면 제 손목을 자르든, 배때기를 쑤시든 고깃덩이 하나 썬다, 이런 실익 추구형 관점에서 접근해야지. 에라이, 배알 없는 놈 같으니라고!”

“듣기 싫다.”

“어느 좋은 집안 도령이 납셨냐? 세상에 좋은 것만 하고 살려고 하게. 산전수전 겪고 나면 숨 쉬는 것 빼고는 귀찮고 하기 싫은 게 태반이야, 인마.”

“우으아아악!”

쉴 새 없이 떠들어 대는 통에 평정심을 잃은 야율도량이 달려들었다.

보법까지 펼쳤지만 마음 하나 가누지 못하는데 이런 허술한 칼질에 당할 진백천이 아니다.

피잉.

사선으로 내리찍는 일 수를 진백천이 쓰러지듯 움직이며 피해 냈다.

이미 피할 것이라고 예상하고 있던 야율도량은 손목을 뒤틀며 검로를 잡아당겼다.

허공에서 급격히 선회한 검끝이 부르르 떨리더니 사선으로 흔들린다. 검끝이 팔랑거리며 나비를 수놓는 수법은 잔향검의 정수인 잔향혈접섬(殘香血蝶閃).

지금껏 상대를 곤란케 하지 못한 적이 없는 절기다.

"예쁘긴 하네."

하지만 상대가 나빴다.

가만히 있던 진백천이 벼락같이 손을 뻗어 손가락으로 검면을 후려쳤다.

지잉.

낭창거리던 검신이 한쪽으로 쏠리며 나비 두 마리가 사라졌다.

띠잉. 챙!

일 수는 내뻗은 채로 손목만 간단히 흔들어 손등으로, 손바닥으로 연속으로 두들기니, 혈접이 하나둘 사라지더니 종내에는 잔잔히 떨리는 검만 남았다.

회심의 공격이 어이없이 실패하자 야율도량은 당황했다. 아차, 하는 사이 어느새 득달같이 달려든 진백천이 그의 명치를 걷어찼다.

퍼억.

"크엑!"

허리를 새우처럼 굽히며 야율도량의 신형이 붕 떠올랐다.

퍽. 퍽. 퍽.

잔영까지 남기며 각법이 세 번이나 명치를 치자 이미 야

율도량은 눈을 까뒤집고 허공에서 검을 놓쳤다.

사 장여를 날아 바닥에 처박힌 그는 이미 정신을 잃고 있었다.

입가에서는 꾸역꾸역 게거품이 밀려 나오고, 사지가 쉴 새 없이 경련한다.

중인들은 할 말을 잊었다.

잔향검 야율도량이라면 일류를 넘어서는 고수다.

그가 파리를 쫓는 듯 흔드는 세 번의 손짓과 돌멩이를 걷어차는 듯한 서너 번의 발차기에 흰자위를 보인다는 사실은 너무나도 경악스러웠다.

지켜보던 독안룡 또한 등줄기가 서늘해졌다.

'나조차 세 번의 움직임 중 하나를 보지 못했고, 네 번의 각법도 두 번을 놓쳤다.'

태양혈이 밋밋하고 무공을 익힌 흔적이 나지 않아 방심하고 있었는데 예상을 아득히 넘어서는 무위를 보여 주지 않는가 말이다.

"가, 강하군요……."

엄천진과 엄희연도 적잖이 놀란 표정이었다.

"자, 잔향검이라면 상당한 고수 아닌가요?"

혼란스러움에 흔들리는 시선으로 엄희연이 말을 더듬었다.

독안룡이 낮게 깔린 어조로 대답했다.

"아가씨, 단지 강한 것만이 아닙니다."

아는 만큼 보인다고 독안룡은 단숨에 공격을 무력화하

고, 잔향검을 꺾어 버린 실력보다 그 움직임에 놀랐다.

"각법의 움직임이 예사롭지 않습니다. 필히 상승의 무공을 익힌 고수입니다."

중인들이 놀라든 말든 진백천은 뒷짐을 진 채로, 바닥에서 꿈틀거리는 야율도량에게 다가가더니 걷어차기 시작했다.

"아이, 깜짝이야. 놀랐잖아, 이 자식아."

놀라기는 개뿔.

단숨에 달려들어 사람 하나를 피 떡으로 만든 사람이 뱉을 말은 아니었지만, 누구 하나 나서는 사람이 없었다.

쓰러진 야율도량을 걷어차는 태가 하루 이틀 해 본 모양이 아니다.

삼십여 차례 걷어찬 진백천이 그제야 만족했다는 듯 발을 거두었다.

"아직도 불만이 있는 놈 있나?"

대답이 없다.

묵직한 돈주머니를 쩔렁이며 진백천이 피식 웃었다.

"이거 가지고는 방금 움직인 인건비도 안 나와. 앞으로 목숨 걸고 죽어라 일해서 내 주머니를 채워라."

희희낙락해서 걸어가는 진백천의 등을 노려보며 대원들은 살기를 피워 올렸다.

六. 무림맹 무사들의 귀환

공적을 올리는 데 가장 열의를 가진 둘을 꼽으라면, 양위천과 백무룡이라고 할 수 있다.

둘은 마침 서로 경쟁하듯 공적을 다투었는데, 가문의 힘까지 동원하여 굳세고 날랜 군사들을 얻어 내었다.

물론, 군사가 많으니 다른 후기지수들보다 제법 많은 공을 세웠다.

이만여 명에 달하는 군사를 이끌고 전선 일대를 소탕에 들어갔는데, 압도적인 군세를 바탕으로 벌어지는 작전은 딱히 위험할 것도 없었다.

직접 손을 쓸 일도 없어 멀리서 구경을 하는 것이 고작이었으니 공이라고 말할 따위도 없다.

고작해야 적병 수십을 죽인 데 그쳤지만, 그것만으로도 백무룡은 충분히 만족했다.

"역시 팽가와는 말이 통해. 언제 한번 감사를 표해야겠군."

부채를 살랑살랑 흔들며 말하는 백무룡에게 양위천이 이

를 갈았다.

"나 역시 본가에서도 지원을 해 주어 제법 좋은 병사들을 구했지."

"흥, 나는 이미 백인장의 위까지 받았다. 팽 장로님께서 나에게 거는 기대가 크다는 이야기가 아니고 뭘까?"

팽가에 입김이 강하기는 백가장 쪽이 위다.

백여 명에 달하는 군사를 배정받았고, 중군에 위치했으니 최고의 대우라 할 만했다.

양위창은 질투심에 이를 갈았지만, 이미 끝난 일이다.

귀환을 하는 이들 중에는 아예 공적을 세우지 못한 이들도 많으니 충분히 자신을 가져도 좋았다.

'원래 백가장은 세가 강하지. 지금은 이렇게 물러나지만 후일 본가의 힘을 보여 주마.'

멀리서 남궁청과 함께 말을 나란히 하고 가는 남궁수아를 힐끔 보며 양위천이 눈을 빛냈다.

"뭐라고요?"

돌아오던 남궁수아는 오는 길에 뜻밖의 소문을 들었다.

곁에 있던 모용진마저 깜짝 놀랄 정도로 퍼뜩 놀란 그녀가 마중 나온 장수에게 재차 물었다.

"다시 한번 말해 주세요."

등천빙화.

고고한 얼음 꽃으로 추종자가 많은 남궁수아다.

대답을 하는 남자는 목까지 붉게 물들이며 설명을 늘어

놓았다.

“검각에서 작은 아이를 원군이랍시고 보냈지요. 시험에도 떨어지고 모자란 녀석이었는데 언제부턴가 병탈마동이라는 명호를 얻더니 백부장이 되었답니다. 듣자 하니, 무림맹에서도 꽤 유명 인사라고 하던데…… 별호가 아호마제였다나…….”

오랜 타지 생활에 어두워져 있던 남궁수아의 얼굴이 대번에 밝아졌다.

그런 모습을 보며 곁에 있던 모용희미가 고개를 저었다.

“정말 끼지 않는 곳이 없네. 분명히 진 공자야.”

“하긴, 녀석이 아니라면 유난히 특이한 명호 따위를 얻을 사람이 있을 리가 없지.”

아호마제에 이어 병탈마동이라.

참으로 특이한 별호가 아닌가 말이다.

갑자기 헝클어진 머리를 손으로 잡아당기고, 옷매무새를 고치면서 부산을 떠는 남궁수아를 보며 모용희미가 한숨을 내쉬었다.

“또 시작이네. 어서 가죠.”

“어딘 줄 알고 간단 말이냐?”

“진 소협이 있는 곳은 언제나 소란스러운 곳이잖아요. 북경에서 가장 살벌하고, 시끄러우며, 어처구니없는 일이 일어나는 곳을 찾아가면 알아서 나타날 거예요.”

모용희미의 어조는 조금 까칠했다.

*　*　*

달려가는 내내 남궁수아는 정신이 없었다.

나를 찾아서 온 걸까? 걱정이 돼서 찾아온 걸까?

'그래, 예전에 웅패권에게 당했을 때도 말이야.'

무엇보다 그녀를 고무적으로 만드는 사실은 유설영을 뒤로하고 자신을 찾아왔다는 것이다.

하늘이 무너졌다는 소리만큼 허황된 말이기는 하지만 남궁수아는 부푼 마음을 채 추스르지 못하고 발걸음을 빨리했다.

역시나 진백천을 찾는 일은 어렵지 않았다.

사마맹의 낭인들이 자주 모이는 주루 앞에 사람들이 몰려 있었다.

평소에는 사사로운 다툼을 줄이기 위하여 정파의 사람들이 꺼리는 곳인데, 오늘은 어쩐 일인지 거지와 방금 돌아온 정파의 후기지수들이 함께하고 있는 꼴이 참으로 기묘했다.

까치발을 들어 보았지만 인파가 어찌나 많이 모였는지 쉬이 보이지 않았기에 남궁수아는 낑낑거리며 인파를 헤치고 움직였다.

밀지 말라고 욕설이 들렸다.

하지만, 밀영대와 그녀의 미모를 본 낭인들은 순순히 길을 비켰다.

인파가 모인 한가운데는 두 패의 사람들이 마주하고 있었다.

"병탈마동! 오늘에야말로 네놈의 버르장머리를 고쳐 주마!"

반대쪽에는 남궁수아가 꿈에도 그리던 진백천이 귀찮은 얼굴을 하고 서 있었다.

각자의 등 뒤에는 흑색 갑주를 입은 사람들이 서 있는데, 마뜩찮은 얼굴을 하기는 양측이 마찬가지다.

어깨를 으쓱이며 진백천이 한 걸음 나섰다.

"소혈검 무칠."

"대혈검, 대혈검이다."

"나 하나 감당하지 못해서 독문 병기까지 뺏기고 질질 짠 놈이 무슨 대혈검이야?"

"입만 산 놈! 네놈을 쓰러트리면 그 주둥아리부터 뭉개 주마."

"배짱 대신 배만 나온 놈이 헛꿈이나 꾸고 있네."

"으드득. 내가 가만히 있으면 사람의 자식이 아니다. 얘들아! 쳐라!"

"우리도 간다!"

양쪽이 맞붙었다.

다들 한가락 하는 이들이니 제법 요란하게 패싸움이 났다.

하지만, 피를 자제하려고 무딘 칼에 갑주까지 입었으니, 금방 개싸움으로 변한다.

깡깡깡깡.

두터운 갑주를 뚫기가 용이하지 않자 아예 대도를 장작 패듯 휘두르며 서로 두들긴다.

얼떨결에 달려 나온 엄천진과 독안룡은 두셋을 맞아 열심히 싸웠다.

군부에서 나고 자랐다고 하는 엄천진이지만 이런 개싸움은 살다 살다 처음이었다.

구경한 적도 없었다.

엄희연은 미칠 지경이었다.

아무리 군부의 여식이라고는 하나, 자신은 여자다.

하지만 머리끄덩이를 잡고, 투구까지 무기로 쓰는 패싸움에는 여자라고 봐주는 법이 없었다. 공들여 땋은 머리가 산발로 뻗치고, 땀과 먼지가 엉겨 붙어 꼴이 말이 아니다.

하지만, 엄희연은 결국 머리 끄트머리를 잡아채던 한 명을 무참히 밟아 놓는 데 성공했다.

"맛 좀 봐라."

득의양양하게 웃던 그녀의 등판을 누군가 거세게 후려쳤다.

"이 자식!"

여동생을 걷어찬 낭인 하나를 살벌하게 두들기며 엄천진이 눈을 부라렸다.

야율도량과 안사건은 어디선가 구한 철 몽둥이로 제법 검술 흉내를 내며 싸웠다.

하지만 대혈도 무칠의 패거리는 스무 명이 넘는다. 이쪽은 열 명도 안 되는 인원.

수적으로 절대 열세.

금방 지쳐서 바닥을 벌벌 기다가 무참히 밟히고 나서야 그들도 투구와 돌멩이를 쥐었다.

일견 밀리는 진백천 패거리를 보며 무칠이 누런 이를 드러내며 웃었다.

"으하하! 나의 승리다. 너를 내 밑에 두고 개처럼 부려주마."

대혈도의 의기양양한 웃음에 진백천이 피식 웃었다.

"놀고 있네."

"설치는 것도 지금뿐이다. 약조를 잊지 않았겠지?"

"물론이다. 지는 놈이 밑으로 들어가는 거지. 명령은 절대 복종."

낭인들의 세계에는 계약이 중요하다.

어길 시에는 전 낭인들의 적이 되며, 죽어도 가족들에게조차 보상금도 돌아가지 않는 것이 원칙이기 때문에 절대적으로 계약을 지키는 것이 보통이다.

그렇게 개싸움을 하던 와중.

처음에는 밀리던 양상이었는데, 조금씩 진백천의 십부장들이 밀어붙이기 시작했다.

개싸움이 처음인 터라 당황하여 밀렸지만, 애초에 독안룡 등의 실력은 십부장 수준이 아니었다.

특히 양인도는 십부장 둘을 장작처럼 휘두르며 싸웠는

데, 돈 떼어 먹히고 싸움닭처럼 불려 나온 주제에 뭐가 그리 좋은지 신이 나서 발과 주먹을 날려 댔다.

한 방에 픽픽 쓰러지는 수하들을 보며 대혈도가 참지 못하고 나섰다.

“무식한 곰 같은 놈. 내가 상대해 주마.”

“애들 싸움에 어딜 끼어드는 거냐?”

“이익! 놔라!”

자신의 앞을 가로막는 진백천을 향해 대혈도가 대도를 내리그었다.

날은 무딘 날로 바꾸었지만, 맞는다면 뼈도 조각낼 거력이 담겨 있었다.

전에 없이 중무장한 진백천은 팔목을 보호하는 비박으로 도를 마주쳐 갔다.

까앙.

단숨에 팔을 부러트릴 요량으로 휘둘렀는데, 잽싸게 몸을 비스듬히 세운 진백천이 도면을 옆으로 밀었다.

공격 지점이 비껴 나자 도 끝이 하릴없이 지면을 찍었다.

콰앙!

상체가 앞으로 쏠린 사이 진백천이 신형을 휘돌더니, 팔꿈치로 대혈도의 뒤통수를 찍었다.

“으억!”

세차게 지면을 구른 대혈도가 씩씩대며 일어섰다.

“놈! 아직이다.”

"흐흐흐. 제법 뼈대가 튼실하군."

정말이지 누가 봐도 사파의 거두처럼 웃은 진백천이 손가락을 까닥였다.

간단한 도발에 열이 받은 대혈도가 대도를 풍차처럼 휘돌리며 달려왔다.

"끼요오옵!"

사방으로 몰아치는 도영을 날래게 피하며 권두로 도병을 치고, 이마로 안면을 들이받았다.

"어억!"

"으으, 돌대가리 같은 놈. 나도 어억이다!"

비틀거리며 물러서는 대혈도를 따라 보법을 밟은 진백천이 연달아 흉갑을 두들겼다.

쾅. 쾅. 쾅!

일권이 적중될 때마다 어깨를 크게 움찔거리며 밀려나던 대혈도가 열댓 걸음이나 밀려나 쓰러졌다.

이미 독안룡 등도 무칠 패거리들을 박살 내고 있었다.

적잖이 놀라고 지친 모습이었지만 어디 한 명 다친 이는 없었다.

그제야 진백천이 주먹을 들어 올렸다.

"와아! 병탈마동이 이겼다."

"소문이 사실이었군. 재밌는 싸움이었다."

"병탈마동의 입담이 대단하군. 마음에 드는 녀석이야."

꽤 볼 만한 구경거리를 본 중인들이 정도, 사도 할 것 없이 함성을 질렀다.

그러나 승리의 환호를 받기도 몇 번.

인파가 쫘악 갈라지며 서슬 퍼런 무사들의 호위를 받는 백무룡과 정파의 후기지수들이 걸어 나왔다.

"하하하! 진백천, 네가 철이 없고 무지한 녀석이라 생각했는데, 오늘 보니 정파의 정기를 드높이는구나."

섭선을 팔랑거리며 다가온 백무룡이 진백천의 주위를 돌며 한껏 고양된 어조로 외쳤다.

"우리 무림맹은 원래 고수가 아닌 이가 없고, 의기가 높지 않은 자가 없지. 진백천, 본 공자는 너에게 감탄했다."

구경꾼들은 대부분이 사파의 무사들이었는데, 무림맹 운운하니 대번에 안색이 험악해졌다.

그러나 정작 먼저 행동에 나선 이는 진백천이었다.

어깨동무를 하며 친한 척을 하는 백무룡의 손을 내려놓더니 전광석화처럼 들이받는 것이 아닌가.

퍼억.

"으억!"

박치기 한 방에 섭선을 놓치고 쓰러지는 백무룡을 보고 깜짝 놀란 후기지수들을 걷어차고 머리로 들이받으며 진백천이 손가락을 하늘 위로 치켜들었다.

"밟아 버려!"

짧은 명령과 함께 가장 먼저 달려가 제일 앞에 있는 사람 얼굴에 발을 얹으니 단숨에 코뼈가 주저앉았다.

"으악!"

코를 싸쥐며 쓰러진 장수를 밟으며 무차별적으로 주먹을 휘두르더니 미친개처럼 정파의 후기지수들을 두들긴다.

그 광경을 보고 하얗게 질린 독안룡 등도 무의식적으로 달려가 주먹을 날리고 발을 뻗었다.

"이 더러운 사파 놈들!"

"이 치사한 무림맹 놈들!"

순식간에 싸움이 벌어지자 열이 받아 있던 구경꾼들도 좋은 기회라며 달려들었고, 그렇게 주루 앞에서 일대 패싸움이 벌어졌다.

* * *

"경상자 서른둘에 다리가 부러지고 팔이 부러진 중상자가 다섯입니다. 이상."

고저 없이 들려오는 보고를 들은 팽한위가 뒷목을 잡았다.

"패싸움? 그것도 백주 대낮에 주루 앞에서?"

"지는 쪽이 이기는 쪽 밑으로 들어가기로 했답니다."

"어이쿠, 골이야. 사망자가 없는 게 다행이군."

"서로 승부만 결할 생각이라 날이 없는 도를 가지고 왔답니다."

"갈수록 가관이다. 미치겠군."

머리를 싸쥐는 팽한위를 보며 휘하의 장수 하나가 입을

열었다.

"병탈마동이라, 생각보다 재미있는 놈 아닙니까?"

"그게 무슨 소린가?"

"제멋대로 설치던 북상찬명대가 제법 단결력을 보이고 있습니다. 백인대들 대부분이 무림맹의 후기지수를 박살 낸 그에게 호감을 표하고 있고, 지지 중입니다. 사실상 북상찬명대의 실질적인 수장이라고 봐도 될 정도라고나 할까요. 행동과 언사, 하나하나가 사파의 생리를 꿰고 있습니다. 노렸다면 뛰어나다고 할 수 있고, 무의식적으로 움직였다면 무섭다고 해야겠지요."

상당한 호평을 들은 팽한위가 고개를 가로저었다.

"남궁세가에서 왔다고 했지. 검각에서 추천장도 써 준 놈이다. 개방에도 지인이 있다더군. 정보부의 꽤 높은 거지가 병탈마동의 등장에 귀환하겠다고 생떼를 쓰고 있다고 하더라. 어떻게 된 정파 놈이 사파 놈들보다 더 독해."

"교활하기까지 하지요."

"무식한 꼬마일 뿐이다. 교활하긴 무슨."

한마디로 일축하는 팽한위에게 다시금 대답이 돌아왔다.

"놈이 싸울 때는 독안룡이나 엄천진은 물론, 여러 사람을 끌어들였습니다. 마땅한 이가 없으면 제법 높은 직책의 무사를 술이나 언변으로 꼬드겨 참관인으로 세웠다는군요."

"……치밀한 놈이군. 녀석을 벌주려면 여럿 피를 볼 테니까 손도 못 대 왔지. 물귀신 같은 놈."

"가히 줄타기의 명수 아니겠습니까? 어쩌시겠습니까?"

"다른 것은 몰라도 쉽게 넘길 수 없는 일이다. 패싸움을 방관하면 기강이 흐트러져. 한두 번이면 말을 안 하지, 벌써 패싸움만 다섯 번이다. 이번에는 그냥 넘어갈 수 없어!"

"북상찬명대는 정규군에 속해 있지 않으니 군법을 적용할 수도 없고, 애초에 위치도 애매한지라 처분 또한 애매합니다. 이미 팽파주 님께 찾아가 얼굴을 들이미는 처지라고 하니 추궁할 수 있을 것이라고 생각되지 않는군요."

"그냥 감옥에서 썩게 만들면 좋지 않을까?"

팽한위의 간절한 바람에 찬물이 끼얹어졌다.

"모르시는군요. 어찌나 뻔질나게 감옥을 들락날락거렸는지, 이미 간수들이랑 호형호제하고 있는 모양입니다. 아마 지금쯤 여느 관인 못지않은 대우를 받으며 편하게 잘 지내고 있을 겁니다."

"맙소사……."

어이없는 대꾸에 팽한위는 다시 뒷목을 잡았다.

七. 작은 전공

“이야. 수아야, 정말 오랜만이다. 하하하.”

“…….”

“전쟁에 참전하면 고생이 심하지. 선배로서 조언하는데 너무 무리하지 마. 예쁜 피부 상하겠다.”

“…….”

“왜 말이 없어? 왜 말을 못 해?”

“……백천아.”

묵묵히 듣기만 하는 남궁수아가 입을 열었다.

“감옥에 들어간 것치고는 꽤 편한가 보네? 전장에서 처음 만난 장소가 감옥이라니 생각도 못 했어.”

“……그럭저럭 지낼 만하지. 아, 장 간수님. 둘째, 영추는 잘 지내죠?”

지나가는 간수와 한참 너스레를 떨던 진백천이 창살 너머의 남궁수아에게 고개를 돌렸다.

“뭐라고 했어?”

역시, 사막 한가운데 떨어져도 모래를 퍼먹고 살아남을 녀석이야.

제 집인 양 비딱하게 앉아서 다리를 떨고 흥얼대는 진백천을 바라보며 남궁수아가 어이없는 어조로 물었다.

"언제 간수랑 친해진 거야?"

"사람은 있을 때 잘해야지. 인덕을 쌓으면 쉽게 친해지는 법이야. 음음."

언제 인덕 비슷한 건더기라도 있어 본 적이 있나?

조막만 한 상관관계도 없어 보이는 진백천의 말이라 쉬이 신용이 가지 않는다.

"……어째 팔자가 더 좋아 보이네? 밖에서보다 더 생기가 넘쳐."

"하하하. 익숙하니까. 여기도 잘 보면 편해."

짚이 푹신푹신하다느니, 벽에 묻은 땟국과 혈흔이 잘 보면 유설영처럼 생겼다느니 하며 너스레를 한참 떨더니 묻는다.

"너는 별일 없었지?"

"네가 여기는 어쩐 일이야."

후, 하고 한숨을 내쉰 진백천이 사정을 설명했다.

"결국 검각에서 소박맞고 쫓겨났단 말이네?"

"응, 너무 간결하게 말하지 마. 나 상처받아."

"소박. 소박. 소박. 소박."

"하지 마. 하지 마. 하지 마."

귀를 틀어막고 괴로워하고 있는 진백천을 보며 남궁수아

가 늘어트린 어깨를 추슬렀다.

"참, 백부장이 되었다기에 뭔가 대단한 공적을 세운 줄 알았는데 감옥에서 처음으로 대면할 줄은 몰랐어. 낭인들의 우상이 되어 있더라, 너."

"공적은 무슨. 나를 보면 딱 백부장감 아니야?"

"어딜 봐서?"

"요기랑, 여기."

머리와 가슴을 가리키는 진백천을 못 미더운 눈으로 바라보자 마치 역모의 누명을 쓴 충신처럼 억울하게 외친다.

"잘 봐. 원래 내가 장군감이지. 수하들을 잘 다루거든. 야! 짝눈! 이리 와 봐."

마치 동네 개를 부르듯 소리치자 한쪽 구석에서 허공을 향해 욕설을 내뱉던 독안룡이 다가왔다.

냉랭한 표정의 그는 당장에 칼을 쥐어 주면 진백천을 난도질할 기세였지만, 당사자는 그저 어깨를 툭툭 쳐 보인다.

"무슨 일이냐? 으드득."

"목이 마르다. 가서 물 좀 가져와."

"알겠다. 으드득."

말끝마다 이 갈기를 멈추지 않는 독안룡을 보며 남궁수아가 고개를 갸웃거렸다.

"독안룡? 엄 장군가의 그 독안룡?"

"독안룡은 무슨. 내가 저 녀석의 부모였다면 짝눈이라는 이름을 지어 줬을 거야."

"이까지 갈던데 어디를 봐서 수하들을 잘 다뤄?"

"일단 말은 잘 듣잖아."

거대한 체구의 사내가 독안룡의 바가지에 열심히 고개를 처박고 있었다.

남궁수아가 다시 의문을 표한다.

"어머, 저기에 너 줄 물에 열심히 침을 뱉고 있는데?"

"괜찮아. 일단 말은 잘 들으니까."

"지푸라기까지 타고 있어."

"괜찮아, 괜찮아. 자잘한 것에 신경 쓰면 오래 못 살아."

어쩐지 신경 안 쓰면 더욱 오래 못 살 것 같지만 진백천은 태평했다.

독안룡이 물을 가져오자 진백천이 소완마 쪽으로 밀었다.

소완마는 주인을 어처구니없다는 듯이 보다니 앞발로 물을 엎어 버렸다.

말도 안 마실 더러운 물이었던 것이다.

"이 말은 뭐야?"

그제야 사람이 들어가야 할 옥에 비쩍 마른 말이 들어갔다는 사실을 깨달은 남궁수아.

진백천이 얼른 대답했다.

"장수라면 무릇 말을 타야지. 얼마 전에 하나 뽑았어."

"내 말은 어째서 사람도 아닌 말이 옥에 갇혀 있냐는 거야."

"장수는 무릇 말과 함께해야지. 주인님께서 옥에 들어왔는데, 제 놈만 밖에 있으면 안 되잖아. 내가 불러들였지."

"장수 타령 그만해."

미간을 짚으며 고개를 저은 남궁수아가 소완마를 바라보았다.

다른 사람도 아니고 진백천이 고른 말이라면 뭔가 특출한 구석이 있을 것이라 생각했는데, 아무리 봐도 피부병 걸린 말 이상도 이하도 아니다.

몸도 비실한지 자꾸 다리를 바들바들 떤다. 한참을 지켜보자 피곤한 듯 하품을 길게 하더니 무릎을 굽히고 벌렁 옆으로 드러누웠다.

낮잠을 자려는 모양이다.

누워서 자는 말이 있다는 말은 들어 본 적이 없는 남궁수아로서는, 역시나 하는 말이 안 나올 수가 없었다.

"참 독특한 말이네. 죽은 것처럼 자."

"아직 힘이 없거든. 금방 클 거야."

두런두런 이야기를 하고 있는데 한쪽에서 관인 하나가 다가왔다.

"북상찬명대 진백천 외 칠 인. 출옥이다."

"하아, 오늘은 좀 빠르네?"

바늘로 찔러도 피 한 방울 안 나올 것만 같은 무사가 말한다.

"군사를 소집하라는 명령이다."

무거운 병사의 표정을 보며 진백천이 드디어 올 것이 왔다는 얼굴을 했고, 오랜만에 만난 후 다시 헤어져야 하는 남궁수아는 긴 한숨을 이어 갔다.

* * *

강한 바람이 연병장을 휘돌아 전기(戰旗)를 펄럭였다.

건조한 모래바람이 메케하지만, 도열하고 있는 만여 명의 병사 사이에서는 작은 숨소리조차 들리지 않았다.

새로이 충원된 칠천의 군사들 또한, 장내의 분위기에 압도되어 입을 다물었다.

조용한 가운데 정면에 마련된 높은 대 위에 팽파주가 모습을 드러냈다.

적잖이 긴장된 얼굴로 좌중을 둘러본 팽파주가 입을 열었다.

"좌중들, 긴급 사태다."

긴박한 상황을 말해 주듯, 평소에는 가벼운 갑주를 입던 장수들도 무거운 갑주를 걸치고 날카로운 안광만을 뿌리고 있었다.

군문에 들었지만 팽가의 가전 무공을 오래 수련한 팽파주다.

내공을 끌어올려 목소리를 돋우니 연무장 곳곳에 묵직한 목소리가 퍼져 나갔다.

"현재 적병이 적성을 넘어 남진하고 있다. 수는 사천. 우리는 대장군의 명을 받아 출진할 것이다."

사천이라 말했지만 정확한 수는 파악조차 되지 않고 있다.

워낙에 신출귀몰한 몽고병들은 척후를 보내도 파악이 쉽지 않다.

군사를 출진시키며 팽파주는 그것이 못내 불안이었다.

다른 만인장들에게 언질을 넣어 두었지만, 아직 조련이 채 끝나지 않은 상황에서 급조한 부대를 이끌고 와야 희생자만 늘 뿐이다.

걱정이 되기는 팽한위도 마찬가지인지 안색이 어두웠다.

"숙부님, 신병들이 대부분입니다. 피해가 클까 우려가 됩니다."

숫자가 많다고 이기는 전투가 아니다.

특히 기마 민족이라 불리는 몽고병들은 수배의 군사로도 쉬이 깨트리기 어렵다.

"어쩔 수 없다. 걱정하는 바는 나도 알지만, 우리의 임무는 적들의 제지야. 교전하여 승리하는 것이 아니지. 후속 부대가 올 때까지 버티기만 하면 된다."

"하지만……."

"더 말하지 마라. 이미 출병을 하였으니, 더 이상 말을 해 봐야 사기만 꺾을 뿐이다."

"……알겠습니다."

* * *

북상찬명대의 끄트머리에서 진백천이 이끄는 육 대 또한

나아가고 있었는데, 기이하게도 선두에 서야 할 백인장은 끄트머리에서 쫄래쫄래 따라오고 있었다.

밥도 제대로 먹지 못했는지 비쩍 마른 말에 반쯤 벌어진 입.

입에서는 걸쭉한 침이 줄줄 흘러내린다.

주인도 별반 다를 것이 없었다.

안장에 책상다리를 하고 앉았는데, 한쪽 다리는 늘어져 보폭에 따라 건덩거린다.

낙마하지 않는 것이 용한 모습이다.

선두에 서야 할 백인장이 뒤쪽에 늘어진 것도 열이 받는데 재촉할 생각은커녕 놀러 나가는 것처럼 긴장감이라고는 찾아볼 길이 없으니, 완고한 엄천진으로서는 열이 받을 노릇이었다.

그래도 과묵함을 유지하겠다고 참았지만, 근래 들어 옥살이에 취미가 들린 오라비를 둔 엄희연은 참지 못했다.

"좀…… 빨리 가면 안 돼?"

"말이 말을 안 들어."

"말은 원래 말을 안 들어. 문제는 당신이 의욕이 없다는 것이지."

"난 언제나 의욕이 없지."

"눕지 마!"

엄희연이 버럭 소리를 질렀지만, 진백천은 그저 말 등에서 세월아 네월아 누워 있었다.

보다 못한 엄천진이 얼굴을 붉게 물들이며 외쳤다.

"그간의 일은 왈가왈부하지 않겠다. 하지만, 전장에 나갈 때는 다르다. 어찌하여 가장 모범을 보여야 할 네가 흐트러진 모습을 보일 수 있단 말이냐."

"아아, 나의 유설영. 너는 무엇을 하고 있을까?"

뜻 모를 소리를 지껄이며 귓등으로 말을 흘려듣는 진백천을 보며 엄천진이 이를 갈았다.

"흥, 네 무공이 얼마나 대단한지 몰라도 전쟁은 다르다. 내 발목을 잡는다면 가만두지 않겠다."

"발목은 무슨. 이래서 아이들은 안 된다니까. 가만히 놔두면 자기가 제일인 줄 알아."

"본 공자를 무시한다면 가만히 있지 않겠다."

길길이 날뛰는 엄천진을 보며 진백천이 히죽 웃었다.

'놀리는 맛이 있는 놈이네.'

반응도 만족할 만하고.

"쓸데없는 데 신경 쓰지 말고 잘 쉬어 둬. 근처에 적은 없으니까."

"믿고 싶어도 네놈을 보면 신뢰가 사라진다."

사시의 말에 진백천이 피식 웃었다.

"사시, 네놈은 닥치고 활이나 손질해 둬. 조만간 쓰게 될 테니까."

"이미 닦아 두었다. 전장에서 무기 손질하는 바보는 너지."

핀잔을 주었지만, 진백천은 이미 고개를 돌리고 '유설영, 너는 어디에~.'를 연발하고 있었다.

울화를 억누르지 못하는 다른 십부장들과는 다르게 엄희연은 조금 묘한 기분이 들었다.

'어째서 말의 발굽에 진흙이 묻지 않지?'

적성과 북경의 경계는 초지가 많다.

늪지도 많고, 진창이 심해 잠시만 걸어도 말의 피로가 상당하고 기동력이 저하되기 마련이다.

하지만, 기이하게도 진백천이 타고 있는 말의 발굽은 깨끗했다.

막 수욕이라도 마치고 나온 것처럼 깨끗하다.

자세히 살펴보니 교묘하게 늪을 피해 부드러운 초지를 밟고 지나가는 터라 게으른 듯 느릿한 걸음으로도 무리 없이 나아간다.

'설마 대단히 좋은 말인가?'

그런 생각으로 주의 깊게 살펴본 엄희연이 킥 하고 설익은 웃음을 뱉어 냈다.

"그럴 리가 없지."

명마가 털이 다 빠지고, 뼈에 가죽을 걸친 모습을 한 채 돌아다닐 리가 없지 않은가.

금방 시선을 거두었기에 그녀는 소완마의 발걸음이 묘하게 묵직하다는 사실을 알아채지 못했다.

정면에 펼쳐진 지평선 끝에서 무수한 인마가 모습을 드러냈다.

"적군이다!"

전방에서 들려온 고함에 긴장감이 급속도로 퍼져 나갔다.

두두두두두두.

적의 수는 생각보다 많았다.

지축을 울리며 다가오는 거대한 살기의 파도에 가벼운 마음으로 따르던 신병들의 얼굴에 핏기가 가셨다. 말 수천 기가 평원을 내달리며 만드는 소리는 흡사 천신이 울리는 북소리와도 같았다.

돌진해 오는 적의 속도가 대단하자 팽파수가 급히 명령을 내려 진격 속도를 줄였다.

"속보로 전진한다!"

천부장과 십부장들이 병사들 사이를 뛰어다니며 독려하고 열을 유지하기 위해 악을 썼다.

가장 먼저 창병이 나서고, 뒤에 보병과 기병이, 그 뒤에는 궁병이 선다.

몽고군을 상대할 때 쓰는 전형적인 진형이었다.

어차피 초원에서의 결투는 습격과 기습이 통하지 않는다.

진법도 큰 위력을 발휘하지 않는다.

가장 정석적인 전법이 평원에서는 가장 유용하다. 전투 진형을 이룬 채 나아가는데, 앞쪽에서 십부장 하나가 달려왔다.

"적군이 누군가를 쫓고 있습니다. 쫓기는 이들은 모두 오십여 기로 어깨와 말목에 흰 기를 감고 있습니다. 적들이 멈추지 않는 이유는 바로 그 때문이 아닌가 합니다."

"흰 기?"

제장들을 헤치고 나아가 안력을 돋우자 그 말대로 적은 인마가 쫓기고 있었다.

"아무래도 적의 내부에 뭔가 문제가 생겼던 듯하군. 원숙! 우군을 끌고 전진하여 저들을 구하라."

"소장 원숙. 명을 받습니다!"

북이 울리며 원숙이 이끄는 철기대가 움직였다.

어렵지 않게 쫓기는 이들을 보호하며 돌아오자 몽고병들도 의외의 사태에 말을 멈추고 진형을 갖추는 모습이 눈에 들어왔다.

뒤쪽에서 전령이 달려와 팽파주 앞에 부복했다.

"여해족의 족장을 비롯해 일부 식솔들입니다. 그들이 보호를 요청하고 있습니다."

내심 몽고의 내분을 떠올리던 팽파주는 가슴을 쓸어내렸다.

"역시 우중추. 호평족이 이겼군."

"어떻게 하시겠습니까?"

"일단은 눈앞의 적을 처리한다. 전군, 제자리에서 전투를 준비하라."

깃발이 올라가고 병사가 일사분란하게 움직이며 부챗살 같은 진형을 만들었다.

수적 우세를 믿고 펼칠 수 있는 전법.

"전군 전진."

쿵쿵쿵.

북소리가 일정하게 울리며 벌려 선 일만 대군이 진열을 유지한 채 천천히 나아갔다.

쐐기처럼 찔러 오는 무지막지한 기마병의 돌격을 상대로 조금이라도 진열이 흐트러지면 순식간에 밀린다.

신병들은 질풍처럼 함성과 함께 달려드는 적군을 보며 신음을 삼켰다.

더러는 구토를 하거나 진영에서 이탈하는 이도 있어, 각 장수들이 뛰어다니며 고함을 치고 독려했다.

둥둥둥둥.

쿵쿵쿵쿵.

북소리와 말발굽 소리가 가까워졌다.

"창병!"

조련이 잘된 창병들이 각기 땅에 창을 비껴 박는다.

"궁병!"

붉은 기가 들리며 대기하고 있던 궁병들이 일제히 시위를 놓았다.

빠우.

팽팽하게 당겨진 화살이 튕기며 허공에 검은 그림자를 드리웠다.

후두두둑.

소낙비처럼 쏟아지며 달려오던 몽고군 수십이 바닥을 굴렀다.

워낙에 제멋대로 달려드는 적은 큰 피해를 입지 않았다.

이 열과 삼 열이 나서 일제히 사격을 가했지만, 적 기마대는 속도를 늦추기는커녕, 더욱 거세게 부딪혀 왔다.

달리는 동시에 거대한 궁을 꺼내 시위를 튕기니 창병들이 비명을 지르며 쓰러졌다.

“창을 세워라! 대열을 유지해!”

장수들이 악을 썼지만, 쉽지 않았다.

채 진열을 가다듬기도 전에 몽고병들이 창병에 닿았다.

콰직!

양측이 부딪히자, 땅이 울리며, 말이 허공을 날고 아비규환을 연출했다.

사람과 말이 피를 뿜으며 한가지로 바닥을 뒹굴자, 피와 비명이 난무하고 그보다 더욱 진한 혈향이 대군을 휩쓸었다.

“으아아악!”

첫 격돌로 창병이 우르르 무너졌다.

동시에 푸른 기가 올라가며 대기하고 있던 대도와 대검을 든 군사들이 함성을 지르며 달려들었다.

처음 보는 아비규환에 혼이 나간 채 악을 쓰며 달려가 낙마한 이들의 몸에 칼을 박았고, 마상의 적군을 끌어 내렸다.

하지만, 너무 일찍 움직였다.

흩어진 채로 내달리던 몽고 기병이 몇 개의 파도처럼 덮쳐 왔다.

정신을 채 수습하지 못했던 병사들은 천둥처럼 지축을 울리며 달려드는 몽고병들에게 우수수 베어 넘어갔다.

"좋지 않군."

생각보다 쉽게 뚫리자 팽파주가 미간에 주름을 잡았다.

"역시 훈련이 부족합니다. 이대로는 포위 공격은커녕 진형이 반쪽으로 쪼개지겠습니다. 출전을 허락하여 주십시오."

"아직이다."

지근거리에서 창과 칼을 나누는 난전이 펼쳐졌다.

어지러운 싸움이 벌어지자 몽고병들이 일제히 곡도를 뽑아 들었다.

살 떨리는 소리가 전장을 지배하며 이윽고 끔찍한 비명소리가 뒤를 이었다.

부채꼴의 중심부터 우수수 쓰러지자 결국 팽파주는 결단을 내렸다.

"철기병은 대기하라."

중갑을 입은 팽한위가 직접 창을 비껴 잡고, 말 위에 올라 선두에 섰다.

중군이 열리며 중기병이 달려 나가자 몽고병들이 주춤거렸다. 위에서 장작 패듯 곡도를 찍어 내리다가 앞쪽에서 거대한 창과 큰 칼을 휘두르며 중기병이 다가오자 각자 활을 꺼내 시위를 당겼다.

픽픽픽.

몽고의 궁은 대궁으로 성인의 어깨에 걸면 상반신을 사선으로 가리고도 조금 남을 정도로 크다. 근래 들어 화살촉이 날카로워지고 탄력이 강해진 강궁을 얻어 파괴력 또한 무섭다.

마갑을 입었지만, 쇠뇌가 곳곳에 파고들며 앞서 달리던 말들이 무릎을 꿇고 바닥을 굴렀다.

하지만, 팽한위를 위시한 중갑병들은 멈추지 않았다.

전면을 짓밟던 몽고병들이 급히 말고삐를 채고는 양쪽으로 군을 나누어 원을 그리듯 움직이며 활시위를 튕겼다.

너무나도 자연스럽게 운용하는 마궁술을 지켜보며 팽파주가 신음했다.

"쇠뇌를 아주 자유자재로 쓰는군. 피해가 더욱 커지겠어. 어쩔 수 없지. 적의 섬멸을 위주로 한다."

둥둥둥둥.

북소리가 더욱 크게 전장을 울리며, 평야에 치열한 전투가 펼쳐졌다.

"가만히 있을 겁니까?"

"글쎄……."

이미 대부분이 난전을 벌이고 있다. 북상찬명대의 다른 부대 또한 각자의 자리에서 분전한다.

하지만 진백천은 움직일 생각이 없는 듯, 돌아가는 상황을 주시하고만 있었다.

엄천진이 앞쪽으로 말을 몰아 나오며 이죽거렸다.

"어떠냐? 네가 무공은 뛰어날지 모르지만 전쟁은 다르지. 겁이 나서 얼어 버린 거냐?"

"가을바람에 얼 정도로 약하지 않아."

"자존심 세울 필요 없다. 만약 네가 겁이 난다면 내가 군을 이끄마. 나와 독안룡이라면 충분히 활약할 수 있다."

그간 대단한 무력으로 인정을 받은 진백천이지만, 막상 전투에 임하자 휘하 장병들도 불안감을 감추지 못했다.

싸울 생각에 몸이 근질거리는 태를 내는 양인도는 몰라도, 사시는 물론 야율도량까지 근심에 찬 표정을 짓고 있었다.

"자존심은 있군. 하지만 전투에서는 수상의 능력이 병졸의 목숨을 좌우한다. 자존심 때문에 우리는 목숨을 걸고 싶지 않다."

한껏 고양된 투로 언성을 높이는 엄천진을 힐끔 본 진백천이 히죽 웃었다.

"걱정 마라. 다른 것은 몰라도 목숨 보존이 내 주특기야."

"사실 너에게는 별로 기대도 안 했지. 물러서라. 당장에 진격한다."

"애송아, 네가 나설 때가 아니다. 지금의 백부장은 나야."

자꾸 엄천진이 끼어들자 진백천이 기운을 왈칵 일으켰다.

천하의 진백천이 작정하고 일으킨 기운이다. 아무리 장군가의 자식이라고 하지만 채 마주하지 못하고 안색이 새파래져 물러섰다.

"이 무공만 센 무식한 놈! 전쟁은 무공으로 하는 것이 아니다."

"나도 안다, 꼬마야. 무공순으로 전쟁하면 달마나 장삼

봉이 대장군 해 먹었겠지."

"알고 있다면 명령권을 넘겨!"

처음에는 독안룡을 시켜 은밀히 손을 쓸 작정이었다.

하지만, 이 기괴한 놈은 스스로 싸움을 만들어 내면서 자신의 무력을 증명해 버렸다.

이제는 은연중에 낭인들이 따르고 있어 함부로 움직일 수도 없었다.

뜻대로 되지 않자 엄천진이 뭐라 말을 하려는데 진백천이 대뜸 손가락을 들어 한 지점을 가리켰다.

"저기 보여?"

손가락 끝에는 황색 갑주를 걸치고, 삼 척 대도를 휘두르는 거구의 장수가 있었다. 다가가는 아군을 썩은 나무토막처럼 베어 버리는 모습은 가히 성난 야수가 따로 없었다.

"마구요로군."

"꽤 유명한 놈인가 봐?"

"유명하다는 말로는 부족하지. 요동십삼장 중의 한 명이 나설 정도라면 말이야."

요동십삼장.

요동 근처에서 활약하며 약탈과 전쟁에 대단히 뛰어난 열세 명의 몽고군 장수를 지칭하는 말이다.

"제법 괜찮은 먹잇감이네."

군침 도는 과일을 발견한 원숭이처럼 침을 삼키더니, 대뜸 말한다.

"각자 말고삐를 조이는 것이 좋을 거야."

느긋한 진백천과는 다르게 전황은 빠르게 악화되어 갔고, 엄천진은 더욱 조급해졌다.

"이 열마저 무너졌다. 이대로 진이 관통당하면 포위 공격은 물 건너간다."

"난전은 위험해. 누구의 칼에 목이 날아갈지 모르지. 몽고군은 뛰어나서 난전 중에도 전황을 읽는 능력이 뛰어나. 반면에 너는 애송이지. 자중할 줄도 모르는 애송이."

"이익!"

부채꼴 진형의 중앙이 완전히 밀려나자 그제야 기다렸다는 듯이 진백천이 고삐를 흔들었다.

"지금이다! 진격한다!"

갑작스럽게 말을 몰아 앞으로 튀어 가자 뒤이어 당황한 팔십여 기가 따라붙었다.

"살고 싶으면 따라와! 뒤를 바짝 따르고 죽을 지경이 아니면 절대로 맞상대를 하지 마!"

어느새 창을 뽑아 든 진백천이 거침없이 전면을 휘저었다.

보병을 찍어 내던 한 적병이 난데없는 공격에 말 위에서 몸을 뒤집었다.

두두두두두.

소완마가 생긴 것답지 않게 광폭한 기운을 흩뿌리며 돌진했다. 가는 다리에서 어디 그런 힘이 나는지 지축을 차는데, 바닥이 푹푹 파인다.

말은 물론이고 주인의 모습도 여간 대단한 것이 아니었다.

등자에 서듯이 균형을 유지하며 사방팔방 거침없이 창을 휘두르며 베고 친다.

적을 척살하기보다 낙마시키는 데 주력을 하고, 말 머리를 찍고 후려치는데, 그 모습이 팔이 여러 개 달린 괴수가 각기 병기를 쥐고 휘두르는 듯했다.

부지불식간에 당한 공격에 낙마하는 인원이 속출했다.

병사들은 그저 뒤따르며 낙마한 적을 베고 지나치는 것이 전부였다.

순식간에 피의 길이 그려졌다.

한 명이라도 더 죽이기 위해 두 번 검을 휘두르려 하면 진백천의 일갈이 들려왔다.

"잔챙이들은 다른 사람에게 맡기고 어서 따라와!"

기묘할 만큼 복종력을 강요하는 목소리에 얼이 빠진 육대가 긴급히 말을 달렸다.

진백천은 다짜고짜 말을 몰았는데, 아군이 우세한 틈새를 귀신같이 파고들었다.

아군 사이만 움직이니 속도를 줄일 이유가 없다.

바람같이 내달리는 진백천을 발견한 적병 몇몇이 손을 쓰려 했지만, 난전에 얽혀 오로지 말 등에 서서 장소의 이점만 점한 상태로는 질풍같이 내달리는 진백천과 그 뒤를 따르는 병사들을 막을 엄두를 내지 못했다.

등 뒤에 바짝 따르는 엄천진과 독안룡은 등줄기가 서늘

해졌다.

'난전 중에 평지를 달리듯 말을 몰다니, 절정에 다다른 승마술이다.'

어렸을 때부터 병서를 읽고 전쟁을 보아 온 엄천진은 전황을 파악하는 일이 얼마나 힘든지 알고 있다.

전장을 가로지르는데 적병이 보이지 않는 부분만 치밀하게 파고든다. 아군이 선전하는 곳만 달리는 것은 말은 쉬워도 어지간한 배짱과 담력이 없으면 불가능한 일이다.

특히 가로막는 적병들이 종종 눈에 들어오는데 속도를 늦추지 않고 낙마시키며 돌진하는 모습은 가히 신기에 가까웠다.

수년의 훈련과, 그보다 더욱 많은 경험을 쌓아야 가능한 일을, 지금 진백천이 해내고 있었다.

전면으로 내달리던 진백천이 고삐를 채며 직각으로 길을 틀었다.

뒤따르기만 하는데도 창을 휘두르며 전장을 누비는 진백천을 쫓기가 힘들 지경이다.

"으드득!"

말을 조종하는 데 사력을 다하길 얼마일까…… 어느 순간 그림같이 적 장수의 당황한 얼굴이 눈에 들어왔다.

'마구요? 벌써 중심에 도달했다는 말인가?'

말을 진정시키는 데 안간힘을 썼기에 촌각이 영원처럼 느껴졌지만, 어느새 정신이 들자 적 장수가 눈앞에 있으니 얼마나 놀라운가.

파죽지세로 짓쳐 드는 자신들을 보며 당황하는 마구요와 그의 부장들이 보였다.

진백천이 창을 집어넣으며 활을 꺼내 들었다.

하지만, 이미 적은 화살을 쏘고 있었다.

핑핑핑.

세 대의 화살이 전면으로 치달아 왔다.

깜짝 놀라 주춤거리는 엄천진에게 진백천이 소리쳤다.

"속도를 늦추지 마!"

도리어 진백천은 속도를 높였다.

활을 휘둘러 위험한 부위를 노리는 화살을 튕겨 내고, 나머지 둘은 몸으로 받는다.

푹푹.

진백천의 견갑에 화살 두 개가 돋아났다.

"으리아아아앗!"

무식한 힘으로 견갑에 꽂힌 화살을 뽑아내며 활에 건다.

적은 설마 속도를 줄이지 않고 달려들 것이라고는 생각 못 했는지 화살을 재장전하고 있었다.

하지만, 이번에는 진백천이 빨랐다.

빠우.

활시위가 잘게 떨며, 화살이 한 장수의 목을 꿰뚫었다.

"으악!"

다급히 한 명이 화살을 날리는 데 성공했지만, 이번에는 허공에 손을 뻗어 화살을 잡고는 되걸어 날렸다.

“어억!”

적병이 눈을 감싸 쥐며 말 등에서 몸을 뒤집었다.

‘말도 안 돼. 날아오는 화살을 잡아다 되쏘다니!’

지면에 서서 정신을 집중하고도 힘든 일을 전력으로 달리는 말 위에서 선보이다니, 믿을 수 없는 광경이었다.

“사시! 뭐 하냐? 네 활은 놀고 있냐?”

당황한 사시가 급히 활을 뽑아 두 대를 날리자, 마구요 양옆의 장수 두 명이 사지를 잡고 고꾸라졌다.

“이놈!”

마구요가 곡도를 빼 들다가 대도의 손잡이를 쥐는 진백천을 발견했다.

묵직한 대도가 파공음을 내며 날아왔다.

중원인들이 평소에 무기를 던지지 않는다고 알고 있던 마구요는 놀라면서 급히 몸을 숙였다.

퍼억.

뒤쪽에서 뜨뜻한 무언가가 확 튀기며 혈향이 뒤따랐다.

‘조금만 더 반응이 느렸다면…… 꿀꺽.’

마른침을 삼키기도 전에 전면에서 달려드는 진백천을 발견한 마구요가 곡도를 빼 들었다.

곁에서 부관이 화살을 거는데, 이 무식한 놈이 버럭 소리친다.

“으하하! 진백천이 간다!”

"크윽! 남쪽의 겁쟁이들이 제법이구나!"

곡도를 치켜든 마구요가 말고삐를 채는데 무식한 녀석이 이번에는 활을 던져 왔다.

교묘하게 원을 그리며 날아든 활이 말 다리에 걸리자 거대한 전투마가 중심을 잡지 못하고 휘청댔다.

당황하는 사이, 코앞까지 다가온 창날을 보며 마구요는 등줄기가 서늘해졌다.

'이놈은 상식이 통하지 않는 놈이다!'

묵색 창이 요사하게 번뜩이며 심장을 노리자 그는 반사적으로 도를 들어 창두를 쳐 냈다.

"으헛!"

채앵.

단숨에 창목을 잘라 낼 셈이었으나, 통짜 쇠로 만들어진 창은 그냥 튕겨질 뿐이다.

낭창낭창하게 움직이며 튕겨 나간 창신이 휙 꺾어지더니 미간을 찔러 온다.

보통 전장에서 창은 강도가 강하고, 탄성이 낮은 창이 주로 쓰인다.

기괴한 공격법에 손발이 어지러운 채로 미친 듯이 곡도를 휘둘렀다. 하지만, 한번 공세를 펼친 적은 쉬지 않고 창을 후비고 찔러 왔다.

왼손을 뻗어 자신을 향하고, 보이지 않는 곳에서 우수가 움직이는데, 이와 같이 창신이 기민하게 찔러 온다.

낙룡십삼창.

천하의 절기를 기묘하게 변형하여 펼쳐 낸 것이지만, 마구요가 알 길은 없었다.

그는 곡도를 들고 쳐 내는 것만으로도 정신이 없었다. 어찌나 창에 담긴 힘이 막강한지 손이 떨어져 나갈 것처럼 아파 왔다.

창! 창! 창! 창! 창!

틈을 비집고 찔러 오는 공격을 간신히 받아 내며 허둥대던 마구요가 어깨를 쓸었다.

"이익!"

피잇.

살짝 비튼 볼과 어깨 사이로 단도가 흘러가듯 비껴 났다.

회심의 일격이 빗나가자 마구요는 이를 악물었다.

손속을 겨루어 본 결과 대충 진백천의 실력이 짐작이 간다.

후비고 휘도는 창신과 창두는 흔히 보기 힘든 솜씨이며, 노련하기는 백 년 묵은 구렁이가 따로 없었다.

몇 번이고 고의적으로 빈틈을 드러내는데, 어찌나 교묘하던지 몇 번이고 속아 넘어갈 뻔했다.

'경험이 조금이라도 모자랐다면 이미 나는 죽은 목숨이구나.'

귀신같은 창 놀림은 생명을 가진 것처럼 요혈만 찍어 온다.

낭패해하면서도 마구요는 끈질기게 버텼다. 어깨가 베이고, 옆구리가 찢어졌지만 끈질기게 버텼다.

'조금만 기다리면 수하들이 온다.'

용기는 가상하지만 고작 일백 명도 되지 않은 채로 중심을 돌격하다니 너무 무모했다.

포위만 한다면 눈앞의 괴물 같은 놈도 죽일 수 있다.

그의 생각은 여지없이 맞아떨어졌다.

신출귀몰하게 중심을 치고 들어온 대원들은 각 방향에서 날아드는 공격에 정신이 없을 지경이었다.

"조심하십시오!"

독안룡이 엄천진을 찍어 오는 곡도를 쳐 내며 소리쳤다.

"크윽!"

엄천진은 무력감에 이를 악물었다.

진백천이 너무도 쉽게 베던 적은 자신이 상대하자 마치 몇 배나 강해진 느낌마저 들 정도였다.

살기가 난무하고 피가 난무하는 전장은 정신이 없다 못해 현실감이 느껴지지 않는다.

좋은 교육을 받아 온 엄천진이 그 모양이다.

살인은 처음인 엄희연은 물론이고, 어지간한 사시는 그야말로 구역질이 올라올 지경이었다.

양인도와 안사건이 이리저리 말을 뛰며 분전했지만, 적진의 한가운데에서 벗어나기란 요원해 보였다.

뒤쪽부터 밀리기 시작하고, 당장에라도 피를 뿌리며 쓰러질 것처럼 대원들이 한쪽으로 몰렸다.

"흐흐흐! 마음껏 날뛰어라. 조만간 넌 죽는다."

상대의 마음을 흩트릴 셈으로 마구요가 중얼거렸다.

하지만, 뒤를 힐끔 보며 전황을 훑어본 진백천이 씨익 웃었다.

"입 닫아, 이 더러운 고자 새끼야."

동시에 크게 말고삐를 당겼는데, 소완마가 벌떡 일어나며 앞발로 마구요의 말 머리를 찍고, 머리로 받았다.

발굽에 실린 힘이 어찌나 강한지, 마구요가 탄 말의 머리가 단숨에 뭉개졌다.

"키히히힝!"

그에 끝난 것이 아니라, 소완마는 비틀거리는 말목을 물어뜯었다.

남들이 보면 맹수가 말을 잡아먹는 것으로 착각할 모습이었다.

말이 죽자 마구요가 중심을 잃고 비틀댔다.

이 틈을 비집고 눈을 빛낸 진백천이 벼락같이 창을 찔러 넣었다.

푸욱!

"크아아아악!"

피가 튀며 마구요가 구슬픈 비명과 함께 쓰러졌다.

창을 휘둘러 피를 털어 낸 진백천이 내공을 실어 소리쳤다.

"전면을 뚫고 나가!"

동시에 한 손에는 창, 다른 한 손에는 대검을 든 채로 밀리는 곳으로 구원을 가는데, 살기 어린 모습으로 가로막는

적들을 잔학하게 베어 버리는 모습이 악귀가 따로 없었다.
사람을 베는 것인지 짚단을 베는 것인지 사나운 기마병들이 빗자루에 쓸린 백설처럼 우수수 떨어졌다.
일 검에 곡도와 사람이 한가지로 쪼개지고, 이 검에 말목이 날아간다.
"크악!"
"어억!"
인마의 비명이 끊이지 않는 가운데, 진백천이 피를 뒤집어쓴 채로 신출귀몰하게 뛰어다녔다.
진백천도 진백천이지만, 소완마도 대단했다.
평소의 기운 없는 모습은 어디 갔는지, 상대 말을 찍고 이로 물어뜯는다.
주인의 등 뒤로 다가오는 자는 용납할 수 없다는 듯 뒷발질로 밀어 찬다.
모르는 이가 보면 말의 탈을 쓴 호랑이라고 착각할 만한 위용이었다.
"전면으로 달리라니까!"
귀신같이 전장을 누비는 진백천의 말에 대원들은 무의식중에 전면으로 말을 몰았다.
보다 못한 몽고군 장수 다섯이 곡도를 휘두르며 달려왔다.
피에 절은 가운데 살기가 번뜩이는 눈을 한 진백천이 묵직한 내공을 끌어올렸다.
"뒈져라!"

숨이 닿는 거리까지 다가온 한 장수가 짓쳐 들자, 진백천이 대도에 내공을 밀어 넣으며 마주쳤다.

기묘하게 흔들리는 검 끝에 담긴 기예는 음후에게 배운 음공.

음을 낼 수만 있다면, 악기의 종류를 가리지 않는다.

"칼과 칼이라고 한들, 소리가 난다면 어찌 음이라 하지 않겠는가."

쩌엉.

대도와 곡도가 부딪히자 공기가 터지며 막강한 음파가 퍼져 나갔다.

"우웩!"

곡도를 쥔 몽고병은 손을 놓고 뒤쪽으로 비척비척 밀려났다.

그는 물론이고 달려오던 다섯 몽고 기마병이 귀를 막으며 낙마한다.

이번에는 진백천이 양손에 창과 도를 들고 맞부딪혔다.

까앙!

이번에는 더욱 큰 음파가 전장을 휩쓸었다.

전방 삼 장 거리의 말들이 미친 듯 날뛰기 시작했다.

말을 진정시키기 위해 노력하는 가운데 진백천이 말고삐를 채며 말 등에 낮게 붙었다.

"전진! 이대로 돌파한다!"

멍한 가운데 또렷이 들리는 외침에 정신을 수습한 북상

찬명대원들이 뒤를 따랐다.

그들의 시선에는 초점이 잡히지 않았다.

정신없는 중에 전장의 한가운데 섰고, 황망 중에 빠져나간다.

직접 공격을 한 자신들이 귀신에 홀린 기분이니, 적들은 오죽할까.

하지만, 이내 진백천이 한 말의 의미를 이해할 수 있었다.

"이제부터 시작이나."

앞선 진백천의 넓은 등을 바라보던 엄천진의 시선이 흔들렸다.

싸우면서 주위를 살피기도 힘들다.

전황을 파악하고 적재적소에 활약을 하면 명장이라 부르고, 강력한 무공으로 빠른 시간에 어려움을 풀어내면 맹장이라 부르며, 냉철한 이상으로 전황을 관통하는 계책을 짜면 지장이라 부른다.

진백천은 이 모든 것을 아우르고 있었다.

'전황을 파악하고, 지략을 짜내며, 강력한 무공으로 이를 가능케 하니, 신장이라 불리기에 부족함이 없구나.'

악을 쓰고 달려드는 몽고군들을 베어 넘기며 정신없이 적진을 가로질렀다.

그들은 그렇게 전장을 빠져나갔다.

악운이라는 더없이 든든한 아군을 둔 그들의 검에는 거침이 없었다.

* * *

"저자는 누구인가?"

전황을 지켜보던 팽파주는 그림처럼 휘하 병사들을 이끌고 적을 관통하는 부대를 가리키며 물었다.

하지만, 곁의 누구도 대답을 할 수 없었다.

알아보라며 수하를 시켜 보냈더니, 예상외의 대답이 돌아왔다.

"북상찬명대 육 대의 백부장인 진백천이라는 자입니다."

"진백천!"

귀에 익은 이름이 들리자 팽파주가 신음을 흘렸다.

곁에 있던 무장 하나가 의아하다는 기색을 드러내며 나섰다.

"진백천이라면 직접 추천하셨다는 자가 아닙니까?"

"그, 그렇지. 보기에 능력이 대단하여 꽤 아끼는 인재네."

"야인을 등용하여 백군을 살렸으니, 혜안이 대단하십니다."

"하하하. 그렇게 되나?"

꽤 좋은 기분인 팽파주와는 다르게 팽한위는 웃을 수 없었다.

팽조욱이 입에 침이 마르도록 칭찬을 해도 믿지 않았다.

고생이나 해 보고 썩은 정신머리를 고치라고 가장 험한 자리에 보냈던 것이지, 절대 이런 결과를 예상했던 것이 아니었다.

정말이지 생각지도 않은데 울타리 안으로 황금이 굴러 들어온 격이었다.

싸움은 예상보다 적은 피해로 승리했다.

반이 넘는 피해를 예상했지만, 북상찬명대 육 대의 활약으로 마구요가 쓰러지고, 장수들까지 대거 쓰러지자 통솔자가 없어진 몽고병은 단숨에 혼란에 빠졌다.

제아무리 사나운 몽고병들이라지만, 명령 체계가 잡히지 않아 흔들린 탓이 컸다.

그날 저녁, 진백천은 처음으로 치하를 받으며 팽파주의 막사로 불려 갔고 남은 대원들은 포상으로 나온 술과 고기를 배불리 먹으며 낮의 일을 이야기했다.

"무공 봤냐? 장난이 아니더라. 무공도 무공이지만 완전히 전장을 지배했어. 어린 나이에 어디서 저토록 고강한 실력을 쌓았을까?"

"힘도 별로 없어 보이는데 아예 곡도째 잘라 버리더군."

"화살이 날아오는데 몸에 닿는 것이 없었어. 무공이 문제가 아니야. 한마디 하면 나도 모르게 몸이 먼저 반응하더라. 노예근성을 일으키는 지도력은 아무나 갖는 게 아냐. 아, 젠장! 저런 사람이 이름도 알려지지 않은 무림맹 무사라니. 나는 정사대전이 벌어지면 도망갈 거다. 말리지 마."

소완마 또한 화제에 오르내렸다.

평소에는 주인을 닮아 게으르고 볼품없어 별것 아니라고

생각했는데, 저보다 덩치가 배가 되는 군마를 물어뜯고 박살 내는 모습은 진정 신기에 가까웠다.

"저 말은 또 뭐지? 말가죽 뒤집어 쓴 곰이나 호랑이 새끼가 아닌가 했어. 어찌 된 게 보통 장수보다 더 잘 싸워?"

"그러게. 말이 안 돼. 무식하기도 제 주인을 닮았는지, 어떻게 제 동족들을 걷어차고 물어뜯냐?"

"그러고 보니까 처음 봤을 때는 비루먹은 망아진 줄 알았더니, 생기긴 망아지보다 못한 놈이 명마가 따로 없어."

놀라기는 다른 십인장들도 다르지 않았다.

특히 전장에서 보여 준 아득할 정도로 고강한 기예를 목도한 독안룡의 놀람은 대단했다.

'칼과 창을 부딪쳐 상대를 낙마시킨 방법은 음공이 분명하다. 음공에 궁술, 도법에 검법, 창법까지. 고작 약관의 나이에 모조리 경지까지 연마하다니 실력의 끝을 추측할 수가 없다.'

제법 스스로를 뛰어난 검객이라 생각하는 독안룡이지만 진백천을 상대로는 버틸 재간이 없었다.

무공이 워낙 무서웠지만, 전장에서는 더욱 무섭다.

"진백천, 도대체 누구인가……."

놀라움은 엄천진 또한 적지 않아서 제법 목소리가 떨려 나온다.

곁에서 처음 전투를 경험한 엄희연이 말을 받았다.

"뭐, 수상쩍은 놈이기는 하지만 큰 상관없지. 이기기만

하면 되지 않겠어?"

지나치게 낙천적인 엄희연의 말이었다.

하기야, 밝고 경쾌하게 살고 싶은 그녀로서는 마냥 기쁘기만 한 모양이다.

그리고.

"으아악! 괴물 같은 놈. 그런 놈에게 덤볐다니 내가 미쳤지. 으으으, 나는 죽었어."

구석에서 절규하는 사시의 목소리는 유난히도 처절했다.

八. 반격

흰 깃발을 들고 도망친 장수는 패배한 여해족의 부족장이었다.

만신창이가 된 오십여 일족과 투항을 한 그는 피눈물을 흘리며 품에서 세 개의 두루마리를 꺼내 팽파주에게 건넸다.

"우리를 길잡이로 하여 씹어 먹을 우중추에게 복수를 할 수 있도록 도와주시오. 여해족의 이름, 아니, 여진의 이름으로 간청하는 바이오."

"으음……."

몇 가지를 물어 정보를 캐 낸 팽파주가 즉각 최세현에게 전령을 보냈다.

공격 준비에 정신이 없던 최세현은 뜻밖의 소식에 깜짝 놀랐다.

"여해족이 투항을 해 왔다고?"

"그렇습니다. 이미 여해족장이 우중추의 근거지와 병사, 무기의 목록까지 낱낱이 고해바쳤고, 명령만 내리신다면 당장에라도 길잡이가 되어 길을 내겠다고 요청해 왔습니다."

"여해족은 어디에 있는가?"

"적성 부근의 진채에서 좋은 술과 고기를 먹여 쉬게 했습니다. 대장군께서 행차하신다면 이쪽으로 보내겠다고 팽파주 님께서 알려 왔습니다."

"아니, 급하게 움직일 필요는 없지. 침공이 오직 내분 때문인 것이 알려졌으니, 돌아오는 길에 정보를 캐내는 편이 좋겠어."

"그렇게 지시하겠습니다."

"지도도 가지고 있다고 했지? 평원의 지도라니 구미가 당기는군."

그동안 많은 병력과 무기의 우월함으로도 공격을 하지 못한 이유는 이동이 잦고 근거지를 알 길이 없었기 때문이다.

만약 지도가 사실로 나타난다면 병력을 집중하여 대파시킬 수가 있다.

"나도 그게 걱정이야. 함정이라면 오히려 역공이 시작되겠지. 성벽에 의지하면 막아 낼 수는 있지만 위험한 도박을 할 필요는 없다. 일단 지도를 필사하여 간자에게 확인을 시키도록 해라. 만약 지도가 사실이라면, 그들이 다시 옮겨 가기 전에 승부를 내야 해. 촌각을 다투는 일이니 어서 움직여라."

"대장군의 명을 받습니다."

전령을 보내고 근심하는 최세현에게 덕원이 다가왔다.

"대장군, 반란에 실패하여 가족이 모조리 인질로 잡히고 군사는 태반이 꺾였습니다. 한번 부딪쳐 보는 것이 어떻겠습니까?"

"하긴, 정예 팔만이라면 큰 도박은 아니지. 충원이 이루어지는 대로 메울 수 있는 인원이니까. 그러나, 그렇게 되면 전란이 길어져."

"가족의 자유와 복수만을 원한다고 합니다. 진실된 모습을 보였으니, 이쪽에서도 어느 정도의 위험은 감수하는 것이 좋지 않겠습니까?"

그 말에 야전 출신인 이윤기가 반박하고 나섰다.

"삼국의 황개는 고육지책으로 위의 군함 수천 선을 불태웠습니다. 조심해야 합니다."

"오랑케는 자고로 머리가 없는 자들이오."

"그 머리 없는 자들에게 패한 너는, 그럼 뭐냐?"

"뭣이? 말 다 했는가!"

말싸움이 격해져 가자 최세현이 장수들을 말렸다.

"초원은 미로와 같아. 너른 가운데 생문과 사문이 있고, 아무것도 없는 가운데 미로가 있고 길이 있지. 지금까지 군사와 보급, 무기의 이점을 가지고도 지루하게 끌어 온 이유는 바로 지형 때문이지. 적의 위치만 안다면 어렵지 않게 상대할 수 있다."

"두 번 다시 오지 않을 좋은 기회입니다."

잠시간 턱을 괴고 생각하던 최세현이 몸을 일으키며 말

했다.

"당장 출전을 준비한다. 평원은 넓고, 혹시나 있을 위험에 대비해 면밀한 전략을 짜도록 하라. 이 장군은 그들을 감시하고 살피면서 혹시나 일어날지 모르는 의외의 일에 만반의 대비를 늦추지 마시오."

"하지만……!"

이윤기가 나서려 하자 한 손으로 제지하며 최세현이 설명을 덧붙였다.

"우리는 군사가 훨씬 많다. 팔만을 잃더라도 충원군이 곧 올 테니 언제고 성을 방어하는 데는 어려움이 없지. 반면에 지도가 유출된 사실을 알고 적이 움직이면 곤란해. 좋은 기회는 놓칠 수 없다. 상대의 계략을 힘을 합쳐 꿰뚫고, 좋은 지혜를 짜내어 만반의 상황에 대비한다면 위험한 상황이 오더라도 어려울 것이 없다."

이렇게까지 이야기하자 이윤기는 딱히 말을 해도 도움이 될 것 같지 않았다.

불복의 기분을 얼굴 가득 드러내면서도 한발 물러서자 덕원이 승자의 미소를 띠었다.

* * *

팔만 대군이 출전한다는 소식은 북방군 사이에 산불처럼 번졌다.

모든 사실이 패주한 여해족 때문이라는 소식도 덤으로 알려졌다.

"들었어? 여해족이 투항했대."

"음, 여해족이면 초원의 대부족이지. 과연 우중추는 대단해. 자신보다 훨씬 큰 대부대를 완전히 괴멸시켰다면서?"

"그러니까 초원의 지배자라는 말이 도는 거겠지. 험한 초원을 평정한 인물이니, 뭔가 대단한 수가 있겠지."

"문제는 지도야. 혹시 함정 아닐까?"

"원래 여해족은 옛날부터 북적의 최고라고 일컬어 왔지. 아직도 파오에서 살고 양이나 치는 몽고 놈들과는 다르게 선진 문물도 접해서 높은 성을 짓고, 침상에 탁자까지 쓴다잖아. 성은커녕 바람이 불면 걱정하는 파오 따위나 짓고 글도 읽을 줄 모르는 몽고 놈들과는 달라."

사람들은 대체적으로 전쟁이 끝나지 않을까 기대하는 눈치였다.

소식은 쉬고 있던 야전까지 들려왔다. 사시가 달려와 진백천에게 보고했다.

"여해족이 투항했답니다."

"투항이라…… 그러게……."

"놀랍지 않습니까? 조만간 전쟁이 끝날지도 모르니까요."

얼마간의 반응을 기대하던 엄천진이 진백천의 미적지근한 반응을 대면하고는 한마디 했다.

"전투는 원래 쉽게 끝날 수 있는 일이지. 아무리 기마술에 뛰어나다고 하더라도 수적 우위는 쉽게 거스르지 못하는 법이니까. 궁병대를 대거 포함하여 경험이 뛰어난 인재들을 배치하고, 정예를 투입하여 정면 승부를 하면 이기는 건 간단하다. 초원만 처리한다면 승리할 수 있지. 좋은 일이다."

"너는 전쟁을 아주 우습게 생각하는구나?"

빙긋 웃는 진백천의 말에 엄천진이 버럭 화를 냈다.

최근 들어 진백천과의 격차를 느끼는 그의 목소리에는 질투심마저 어려 있었다.

"기본적인 전술일 따름이다! 야전에서는 너에게 미치지 못함을 인정하마. 하지만, 전술은 내가 너보다 위다!"

무경칠서는 물론이고 가문의 비전을 전수받은 엄천진이다.

명문가에서 좋은 교육을 받고, 스스로의 능력도 적지 않으니 자신감이 충만할 수밖에 없었다. 하지만, 진백천은 덤덤하게 대꾸했다.

"자만심은 전략의 가장 큰 적이라는 말은 못 들었고?"

"나를 모욕하지 마라. 누구나 다 생각하는 바다. 그리고 풀밭에 누워 뒹구는 네놈에게 그따위 헛소리는 듣고 싶지 않다."

"속임수에 속는 이유는 알아채지 못하기 때문이지."

"그게 무슨 소리냐?"

의미심장한 말을 남기고는 엉덩이를 툭툭 털고 일어난다.

"아저씨 얼굴 좀 봐야겠다."

진백천이 면담을 요청하자 팽파주가 반기며 다가왔다.

애초에 능력만 있다면 사람을 가리지 않는 그다.

"하하하. 진백천! 장래의 만부장이 이곳까지는 웬일인가?"

"듣자 하니 여해족이 투항을 했다면서요?"

"그렇다. 하지만, 조금 걱정이군. 너무 기강이 해이해졌어. 사기가 높은 것은 좋지만 말이야……."

말과는 다르게 크게 기꺼운 기색이 역력했다.

멀뚱히 그를 보던 진백천이 대뜸 말을 꺼냈다.

"이번에 출전하게 되면 독단적으로 북상찬명대를 운용할 수 있게 해 주세요."

너무나도 갑작스러운 말에 놀라는 팽파주와는 달리 팽한위는 기회를 잡았다는 듯 일갈부터 내뱉었다.

"네가 작은 공을 세우더니 기고만장해졌구나. 이곳에 너보다 실력이 떨어지는 자들은 많지 않다. 싸우기에 앞서 예의범절을 배울 필요가 있겠다."

도발할 작정으로 몰아붙였는데, 오히려 진백천이 손사래를 친다.

"에이, 공은 무슨 공. 고작 수십 명 죽인 일을 누구 코에 붙이라고 공적 운운합니까?"

"……."

너무나 태평한 대답에 팽한위는 할 말을 잃었다.

솔직히 작은 공이라고 부르기에는 미묘하다.

죽인 적의 수는 많지 않으나, 적장을 베고 한순간에 전황을 뒤바꾼 일은 작은 공적이라 말할 수 없다. 승리를 위해 희생당할 인명을 수천이나 구했으니, 오히려 죽인 적보다 구한 인명이 많은 큰 공적이라 하겠다.

무엇보다 그림같이 말을 몰아 적장을 고꾸라트리고 썰물과도 같이 빠져나가는 신위는 아무나 가능한 것도 아니다.

꿀리긴 했지만 내친걸음이라 팽한위가 조금 수그러든 어조로 물었다.

“잘 아는 녀석이 천부장의 자리를 달라니, 이 얼마나 터무니없는 소리냐?”

“지도를 얻었다고 하셨지요?”

“지도를 얻었지. 하지만, 기밀이기 때문에 보여 줄 수 없다.”

뒷짐을 진 진백천이 창밖 너머를 바라보며 씨익, 웃었다.

“뻔한 지도를 봐서 뭘 해요?”

“뻔한 지도라니, 그게 무슨 소리냐?”

“적의 주력은 동승의 남쪽에 있을 것이요, 중군은 임서와 적봉의 서북부에 있겠고, 작은 부족들은 장북, 풍녕, 위장에 산개해 숨어 있을 테니 구태여 귀찮게 지도를 보고 말고 할 것도 없지요.”

“너, 너는 어떻게 그 사실을 알고 있는 거냐?”

놀라기는 팽파주도 마찬가지였다.

극비 중의 극비를 마치 손바닥을 들여다보듯 속속들이 알고 있으니 놀라지 않을 도리가 없다.

당황한 기색을 가다듬으며 팽파주가 물었다.

“네가 말한 바와 같다. 우리도 파악한 시일이 얼마 되지 않았는데 어떻게 알고 있는 건가?"

전생에 직접 전투에 참여한 진백천이다.

큰 전투가 벌어질 장소와, 승패와, 군사의 움직임에 대해서는 누구보다 잘 알고 있다.

그렇다고 전생에 경험했다고 말할 수는 없는 노릇이라 대답까지 준비해 두었다.

목소리를 가다듬으며 진백천이 줄줄 설명을 늘어놓는다.

"지금은 가을에 들어서니, 풀은 마르고 바람은 많이 불죠. 여름에 불어난 물도 말라붙고, 대지는 슬슬 건조해져 가니, 작은 부족은 파오를 이고 강을 따라 이동하잖아요. 하지만, 대군은 양식이 많이 필요하고, 물이 떨어지면 안 되니 강에서 멀지 않은 요새나 지형에 의지해야지요."

사리에 맞는 대답이기는 하나 모든 것을 설명하기는 부족했다.

조금 진중해진 눈빛으로 팽파주가 재차 물었다.

"북경에 있는 무장치고 몽고의 습성을 알지 못하는 이가 없고, 병략을 공부한 전략가치고 물과 식량의 중요함을 모르는 이가 없다. 그러나 그 누구도 너와 같이 확실한 대답은 하지 못했다."

의심의 기색마저 든 어조에 별것 아니라는 투로 진백천이 대꾸했다.

"병략과 습성을 아는 이는 많으나, 기후를 알고 판단할 수 있는 이는 드물지요."

"기후라니? 네가 하늘의 뜻을 헤아린다는 말이냐?"
"비슷한 것은 할 수 있습니다."
그제야 준비해 두었던 책자를 꺼내 탁자 위에 내려놓았다.
"지난 오 년간의 기우를 적어 놓은 책자이지요. 우연한 기회에 얻었습니다."
책자를 살펴본 팽한위가 이맛살을 찌푸렸다.
"……도대체 이 책을 보며 무엇을 알 수 있단 말이냐?"
히죽 웃은 진백천이 책 한가운데를 가리키나가 슬슬 손가락을 움직였다.
"삼 년 단위로 계절이 바뀌는 만큼, 올해에는 유난히 비가 많이 와서 가죽을 말리고, 손볼 여유가 없었지요. 평원이 있고, 양과 소를 쳐서 가죽과 고기로 한 해를 나는 그들은 건조하고 풀이 많은 지역으로 이동해야 하고요. 짚을 엮어 연기로 말리는 그들이라면 당연합니다. 또 가을이 와서 이동을 해야 하지만, 돌아서 가기에는 힘 쓸 남자가 많지 않지요. 파오가 아무리 가볍다고 하지만, 남자들이 전쟁에 투입된 지금은 멀리 움직일 수 없는 게 당연하지 않을까요. 당연히 초지가 많고, 강이 가까운 이곳을 통해 이동하지 않을까 생각됩니다.
"……."
탁자를 잡고 열변을 토하던 장수들이 슬그머니 의자에 엉덩이를 걸친다.
"우중추의 경우는 수만의 대군을 먹여야 하지요. 그렇다고 좋은 장소를 선점한 작은 부족과 충돌할 수는 없어요. 선동을 하여 장정을 빼내야 하는 데다가, 초원을 일통하려면 당분간 작은 부족의 호응을 얻어 두어야 하니까요. 그렇다면, 몇 가지 주둔 가능 지역을 생각할 수 있는데, 대부분 풀이 무릎 이상 높고, 지형이 오목하여 화공에 쉽게 당하니 불가하지요. 이를 제하고 나면 남은 장소는 많지 않습니다."

손가락이 몇 군데를 찍는다.

"이 중에서 전에 머물던 요새와 연계를 할 수 있는 장소는 바로 이곳. 동승의 남쪽과 임서밖에는 없지요. 적봉 서북부에는 분명 기마병을 주로 남겨 두었을 겁니다."

손가락은 적봉을 가리키고 있었다.

마치 손바닥 위를 들여다보듯 줄줄 내뱉는 말에 팽한위는 할 말을 잊었다.

"만일 사실이라면 우중추는 대단히 뛰어날 뿐 아니라 장래를 내다보는 인물이 아닐 수 없어요."

더 이상 진백천을 무시하는 사람들은 없었다.

묘하게 열기가 느껴지는 어조로 팽파주가 묻는다.

"어째서냐?"

"큰 군사를 주둔시킴에도 강과 초지에서 멀어졌다는 사실입니다. 식수의 공급이 원활하지 않음을 알고도 군세를 주둔시켰다는 뜻은 부족들의 후대를 지키고, 호응도를 굳건히 하여 후일을 기약하려는 뜻임이 분명하니까요. 아이를 키워 전사로 기용할 생각은 십여 년 후를 내다보지 못하면 절대로 하지 않을 거예요. 당장이 급하니까. 모르긴 몰라도 자신감과 숨겨 둔 수도 충분하겠군요. 단점을 장점으로 극복할 만한 계책이 있지 않고는 악수를 둘 리가 없잖아요."

좌중은 침묵한 채 진백천의 손과 입만 주시하고 있었다.

대충 우중추를 재평가할 기회를 만든 것 같자, 내심 안도하며 진백천이 슬쩍 어깨를 돌렸다.

"내용을 알고 있으니 제가 원하는 대로 움직여도 될까요?"

"잠깐. 어디를 가는 건가?"

"이제 돌아가서 훈련을 해야 합니다. 훈련에서 흘린 땀 한 방울이, 전쟁에서의 피 한 방울입니다. 느긋할 때 더 열심히 해야지요."

훈련이라고는 한 번도 참가한 적 없는 진백천의 말치고는 신빙성이 없지만, 어쨌든 충격을 받은 팽파주 등은 감히 인지하지 못했다.

"자, 잠깐. 가지 마라. 하던 말은 마치고 가야지."

"할 말 다 했는데요?"

"아직 끝나지 않았다. 만약에 네가 군사라면 어떠한 계책을 내겠다는 거냐?"

"작은 공을 세운 소장의 의견이야 들을 것이 있겠습니까?"

귀찮은 기색으로 진백천이 대꾸하자 팽파주의 몸이 달았다.

"그러지 말고 네 의견을 말해 보아라."

"최상의 전법은 진군을 취소하는 거예요."

"그건 불가한 일이다. 이미 황제 폐하의 허락이 떨어졌다. 황명을 받은 전략을 포기할 수는 없다."

"아, 그렇군요. 그럼……."

막 몸을 돌리는데, 팽파주가 진백천의 소매를 잡았다.

"달리 물어보겠다. 네가 공격을 꼭 해야 한다면 어떤 방법을 고수하겠느냐?"

"음…… 성안에서 나가지 않는 것이 최상이니 모르겠습니다. 다만."

"다만?"

중인들의 눈이 또다시 진백천의 입으로 향했다.

"대장군께서라면 두 가지 계책 중 하나를 안중에 두시겠지요. 하나는 작은 부족을 밀어내며 뒤를 깨끗이 하고 일수에 몸통을 치는 방법으로써 장가구로 나아가는 것과, 나머지 하나는 손발을 잘라 내듯 요소요소를 친 후 몸통을 공격하는 방법이거든요."

"자네는 어떤 방법이 나을 것 같은가?"

별 생각 없이 진백천이 단정했다.

"대장군은 전자를 선택하겠지요."

"이유는?"

"황도가 어지러우니 응당 작은 승리를 여러 번 하여 큰 승리를 부르는 두 번째 방법을 선택하여야 하지만, 일거에 소탕하는 쪽이 성안의 관계를 정리하는 데 좋을 테니까요."

그 말이 정답이었다.

실제로 막 명령을 받은 팽파주는 아연실색하여 물었다.

"대장군을 뵌 적이 없는 것으로 아는데, 어찌 이렇게 잘 안단 말이냐?"

"집 앞의 대나무를 보면 집주인의 성품을 알 수 있는데, 군사를 쓰는 법을 보면 대장군의 심성을 헤아리지 못할 이유가 없잖아요."

너무나도 간결한 대답이지만, 명확한 대답이 아닌가.

자리에 털썩 주저앉으며 팽파주가 헛웃음을 흘렸다.

"허허허. 천하의 맹장을 얻었나 했더니, 천하의 지장을 얻었구나."

"과찬의 말씀이십니다."

꾸벅 고개를 숙이는 진백천을 바라보며 흐뭇하게 웃은 팽파주가 주위를 둘러보았다.

"작전을 속속들이 아는 만큼 전략에 도움이 되는 것도 없지. 군사를 쓰는 모습은 익히 보았으니 말할 것도 없고…… 어떤가, 이 중에 진백천에게 명령권을 주는 데 반대하는 이가 있는가?"

그간 회의만 질질 끌고 답을 내지 못하던 이들이다.

진백천의 청은 만장일치로 통과되었다.

* * *

대장군 최세현은 대규모 토벌군을 편성했다.

만부장 여덟에 만인대장 팽파주를 두었는데, 직접 토벌군을 지휘하려던 최세현은 관찰사 관철의 강력한 반대에 마음을 접고 말았다.

"현재는 중앙의 눈치를 봐야지. 관철의 축출은 전공을 세우고 난 뒤로 미룬다."

권력 싸움으로 시간을 지체했다가는 금방 계절이 바뀌고, 몽고군은 이동을 할 것이다. 세월에 따라 흘러가는 유목 생활에 익숙한 만큼 재빨리 승부를 볼 필요가 있었다.

진백천도 북상찬명대를 이끌고 홀로 천인대장의 위를 얻어 출전했다.

고작 천 명 정도인 북상찬명대의 천인대장이라고 해 봐야 그리 큰 의미는 없지만 작전권을 쥐고 있기에 그 누구도 진백천을 무시하는 이가 없었다.

단독 작전 수행이 가능한 데다 만인대장의 명령만을 받으니 감히 만부장들도 함부로 하지 못했다.

일전의 전투에서 진백천의 싸움을 목도하고, 전황을 파악하는 뛰어난 안목을 스스로 경험했으니 존칭마저 조심스러워진 것이다.

성급하다고 생각될 정도로 빠르게 편재를 마무리한 북방토벌군은 한 달이 채 되지 않아 원정길에 올랐다.

초목이 자라지 않고, 말라 가기 시작하는 처서(處暑).

팔만의 북방군이 적성을 넘었다.

"대장! 앞쪽에 연기가 피어오릅니다."

"날씨가 좋다. 하늘도 맑고."

간단한 보고에 답하는 진백천은 무성의하기 짝이 없었다.

말 등이 침상이라도 된 양, 발목을 까닥거리며 콧노래를 흥얼거린다.

"흠, 아마도 근처의 부락이나 작은 요새를 습격한 모양입니다. 다들 멀찍이 앞서 나가는데 이렇게 게으름 피우며 천천히 행군해도 되는 걸까요?"

내심 기대를 하던 엄천진은 진백천이 전투다운 전투를 하지 않자 불만이 가득했다.

"걱정 마라. 그래도 전술 훈련을 하고 가잖아."

"속도가 너무 늦어졌습니다. 기동 훈련을 겸하고 있지만, 이 속도로는 전투다운 전투는 해 보지도 못하고 손가락만 빨고 있을지도 모르지요."

독안룡까지 그렇게 타박을 주었지만, 진백천은 물론 그 둘을 제외한 지휘관급 누구도 불평을 하지 않았다.

그들은 돈을 받고 싸우는 낭인이다.

공을 세워 얼마간의 돈을 더 많이 받는 것도 좋지만, 무엇보다 아무것도 하지 않고 놀고먹는 쪽이 더 좋다.

이렇게 되자 몸이 달은 이는 엄천진밖에 없었다.

"짝눈, 훈련은 어떻게 됐냐?"

"각 백인대별로 나눠서, 일러 주신 다섯 가지 병진은 완전히 숙지했습니다."

그렇게 말을 맺은 독안룡이 근심 어린 어조로 되묻는다.

"그러나 걱정이 되는군요. 지시하신 병진은 도무지 사리에 맞지 않습니다."

"어째서?"

"한 부대는 꾸준히 유지되어야 합니다. 백인대, 천인대가 있는 이유도 조직력을 유지하기 위함이지요. 말씀하신 대로 때에 따라 변형하는 병진이라니 듣도 보도 못했습니다."

"너무 빡빡하게 생각하지 마. 전쟁이 바둑도 아니고 줄 죽죽 그어 놓으며 싸우는 게 아니잖아. 요격이나 기습은 원래 소수로 하는 게 좋지. 특히 무공이라는 이점이 있는데 그걸 버리고 군인의 방법으로 싸울 이유가 없어."

묘하게 설득력이 있는 말이지만, 상리를 아예 거스르는 법이다.

오라버니를 따라 죽을상을 하는 엄희연이 고개를 빼며 물었다.

"대장, 오는 길에 환송하던 미녀는 누구예요? 보통 사이가 아닌 것처럼 보이던데?"

아무래도 성 밖까지 배웅 나온 남궁수아 외 떨거지들을 말하는 것 같았다.

진백천이 발목을 더욱 까닥대며 말했다.

"아서라, 잘난 대장 혼삿길 막지 말고. 그냥 친구야. 곁에 있는 부록들은 잡것들이고."

"흥! 누가 대장 같은 괴팍한 사람을 데려가겠어요?"

"이거 왜 이래? 나, 이래 보여도 임자 있는 몸이야."

"누가 대장 같은 희한한 사람을 좋아하는지 궁금하네."

"……."

스스로는 하늘을 들어 바칠 정도로 좋아하지만, 사랑받고 있는지 확신하지 못한 진백천은 모르는 척 고개만 돌렸다.

"아, 아까 그 언니는 참 예쁘던데…… 무공도 고강해 보이고, 뭔가 다른 세상의 사람 같았어요. 선녀가 그럴까? 나도 그렇게 되고 싶은데."

"참새가 백로가 되는 날을 기다리고 말지."

"흥!"

얼굴을 붉게 물들인 엄희연이 고개를 팩 돌리며 비명 같은 큰 소리를 질렀다.

九. 나 진백천이다

북방토벌군은 넓게 퍼져 북상했다.

동시에 지도에 나타난 위치를 찾아 차례로 마을과 부족을 뭉개며 전진했는데, 병력이라고 판단이 들면 남녀노소 개미 새끼 하나 남기지 않고 없애 버리며 북상했다.

이미 돌이킬 수 없는 적이다.

자비란 말은 적어도 평원에서는 통하지 않았을 뿐더러 장기적인 싸움을 감안한 처사였다.

결국, 북방토벌군이 지나간 대지는 파괴만이 남았다.

떠돌이 생활을 하기 때문에 딱히 약탈할 물건도 없지만, 마을까지 불태우고 나서야 북방토벌군은 다음 장소로 나아갔다.

"전황은 어떠한가?"

토벌군의 수장 팽파주가 만부장 이윤기에게 물었다.

"나쁘지 않습니다. 길잡이가 도움을 상당히 주고 있고, 지도의 정확도도 정밀한 편입니다."

"다행이군. 우려했던 바와 다르게 잘 이행해 주고 있어."

"장결과 한호가 잘해 주고 있군. 벌써 장가구를 넘었어. 지금 속도를 유지한다면 충분히 적의 의표를 찌를 수 있겠어."

"그렇습니다. 적성을 버리고 도망친 터라 의외로 피해도 적었습니다."

묘하게 힘이 없는 이윤기를 바라보며 팽파주가 혀를 찼다.

"쯧! 자네, 너무 의기소침해하지 말게. 당장은 관찰사의 눈치를 봐야 하지만 토벌이 완료되는 대로 자네의 공을 가장 높이 상정할 테니."

"마음 써 주셔서 감사합니다."

처음 토벌군에 참전할 이는 덕원으로 되어 있었다.

하지만, 황제는 이윤기를 토벌군 만부장으로 임명했다.

스스로 함정이 숨어 있을 것이라 생각하는 데다가, 덕원에게 밀렸다는 마음에 적잖이 마음이 상한 그는, 군인으로서 공을 세울 기회를 얻었음에도 기뻐할 수만은 없었다.

무엇보다.

"덕원이 너무 저를 몰아가는군요. 이러다가 누명을 쓰는 것은 아닌가 걱정이 됩니다."

"너무 풀 죽지 말게나. 야전에서 고생한 자네의 노고는 잘 아는 바이니, 중앙에 청이라도 올려 주지."

"팽 어르신의 말씀에 그저 감사드릴 따름입니다."

* * *

섬멸을 벌이며 북상하던 중군은 장북에서 전투다운 전투를 시작했다.

거대한 초원을 마주하고 양군이 마주 섰다.

중군은 사만의 대병이었는데, 대응하는 몽고병은 삼만을 헤아리는 숫자였다.

넓게 군사를 벌려 세운 팽파주가 자줏빛 금포를 휘날리며 몽고병을 노려보았다.

"허어, 우중추가 용인술에 뛰어나다더니 정말이로군. 진형이 그럴 듯해."

"기마병이 만이 넘어갑니다. 쉽지만은 않겠군요."

"보병이 많은 것이 재미있군. 그건 그렇고, 도대체 저 많은 말들을 어디서 구했을지 놀라워."

"하긴, 그간 상한 인마도 적지 않을 텐데 일개 성에 저만한 대군을 주둔시켰다니. 초원의 저력이 대단하긴 하군요."

"개전을 준비하고, 장수들에게 진형을 단단히 유지토록 다시 한번 단단히 당부하게."

명을 받은 장수들이 이리저리 뛰어다니며 병사들을 정렬시켰다.

이미 많은 전투를 치러 온 정예는 서서히 흐르는 파도와 같이 진형을 유지하며 전진하기 시작했다.

이에 맞춰 적군도 서서히 움직이기 시작했다.

갑작스러운 대병의 공격에 준비할 시간이 촉박했을 터다. 그만큼 기밀을 유지하여 재빠르게 움직였지 않은가 말이다. 처음에는 그저 전쟁놀이나 하라는 마음으로 보낸 무림맹의 소탕 작전도 지금에 와서는 참으로 다행이 아닐 수 없었다.

양군은 서두르지 않았다. 초원의 전투에서 전열의 흐트러짐은 죽음이나 나름이 없다.

파상적인 기마 공격에 뚫리면 두터운 인의 장막이 무너지는 것은 순식간이다.

한 번 뚫린 인해의 벽이 두 번 뚫리지 말란 법이 없다.

지평선이 아득한 초원의 전투에서 한 번 뚫리기 시작하면, 수적 우위는 시간을 얼마나 얻을 수 있냐는 정도의 이점밖에 얻지 못한다.

"궁병을 대기시켜라."

북이 울리고 깃발이 요란히 움직이자, 뒤쪽에 대기하고 있던 궁병들이 척척 걸어 나와 활시위를 당기며 하늘을 향해 비껴 쏘듯 화살을 세운다.

반대쪽에서도 궁병들이 자세를 잡고 나선다.

양측의 거리가 어림잡아 삼백 보 정도 남았을 때 양군은 멈추어 섰다.

서로 마주 보면 얼굴의 윤곽을 볼 수 있을 거리.

화살의 사정권에서 최대한 비껴 난 거리다.

죽고 죽이는 살육이 시작되기 전에 긴장감을 음미라도 하듯 양군은 그렇게 서서 마주 보았다.

이윽고 개전을 알리는 깃발이 올라갔다.

"돌격어어억!"

우와아아아.

지축을 울리는 함성과 함께 양군이 부딪혔다.

"대장은 어째서 싸울 생각을 안 하는 거요?"

늘어지는 것도 좋지만 싸움을 좋아하는 이도 있는 법이다.

양인도가 딱 그러했다.

살육을 즐기는 것은 아니지만, 한번 전쟁의 치열함에 발을 들여놓은 터라 제때 싸워 주지 않으면 몸이 근질근질하다.

"그렇게 심심하면 내가 너랑 싸워 주랴?"

"뭐, 꼭 그렇다는 것은 아니고……."

물러서는 양인도를 안사건이 두둔하고 나섰다.

갑주를 입고 쌍검을 비껴 찬 모습이 묘하게 잘 어울리는 그는 상당히 불만이 가득해 보인다.

"대장의 능력은 잘 보았소. 하지만, 우리는 낭인. 전장에서 살아가야 할 사람들이요."

"하긴…… 슬슬 은자가 고갈되기도 했지."

별호가 되어 버린 잔향검을 어루만지며 야율도량도 거들었다.

공적 순으로 평가받는 만큼 어느 정도 전투에 참전할 필요는 있었다.

"흠. 하긴, 좀 지루하긴 했나? 짝눈, 훈련은 어때?"
"원하는 수준까지 마쳤습니다."
"솔직히 이런 전술이 먹힐지는 모르겠지만."
독안룡의 곁에서 엄천진이 말을 더했다.
말을 해도 도무지 알아먹지 않는 상관에게 질릴 대로 질린 그는 이제 무력감에 반쯤 허우적거리는 모양새였다.
"쉴 만큼 쉬었다면 슬슬 일을 해야지."
"지금쯤이면 장북의 싸움도 끝나 갈 텐데 무슨 수로 일을 합니까? 약탈을 하라는 것이라면 관두쇼. 나 양인도, 싸움을 즐기긴 하나 약한 놈들 죽이는 일은 재미없으니까."
제법 그럴 듯한 말을 하는 양인도에게 진백천은 그저 웃어 보였다.
"알고 있지. 너희들을 청한 이가 바로 나니까. 패싸움을 벌인 이유는 천부장이 되기 위함이기도 했지만, 쓸 만한 녀석들을 문젯거리로 만들어 북상찬명대에 끌어들일 생각이었거든."
이미 죽었다고 복창하고 있던 대혈도가 벌떡 일어났다.
"이런 물귀신 같으니……."
"걱정 마라. 나만 따른다면 지금까지 한 고생은 갑절로 보상받을 수 있을 테니까."
"그 말을 어떻게 믿냐?"
"나 진백천이다. 병탈마동 진백천."
그다지 신용이 가지는 않지만, 이 어린 천부장의 성질머리를 아는 바 있는 모두는 그저 입을 다물었다.

진백천은 고개를 들어 하늘을 살피며, 히죽 웃었다.

"역시 생각대로 흘러가는군."

"대장, 무슨 말을 하는 겁니까?"

"일이 시작할 때가 되었다고 했잖아. 단지 전과 다른 점이 있다면 이제는 강호의 방식 위주로 싸운다는 점이겠지."

"강호의 방식? 강호의 방식이 대관절 뭐란 말이오?"

의뭉스런 어린 천부장은 의미심장하게 웃으며 한마디를 남겼다.

"매복."

처음 듣는 소리였다.

十. 손가락을 들어 전군을 멈추다

초원의 젖은 대지를 수백 기의 인마가 질주한다.

낭패한 꼴을 하면서도 아직 기백이 죽지 않은 그들은 장북에서 도망쳐 나온 패잔병 무리였다.

하지만, 상대적으로 낭패한 모습은 찾기 힘들다.

투구는 윤이 나고, 갑주는 긁힌 흔적도 없다.

강과 둔덕이 많은 장소로 말을 몰아가던 그들 중 선두에 선 이가 멈춰 섰다.

"역시 중원의 군사들은 무섭군. 전보다 더욱 강해졌다."

야지 부족의 족장 타율의 말에 대전사 울목울이 말을 받았다.

"정말이지 양떼같이 약한 놈들이지만, 수도 없이 밀려드니 무섭긴 하군요. 생각보다 많은 피해를 입었습니다."

"병력의 수도 힘이다."

"수적 우세 외에는 달리 볼 것도 없는 무리입니다. 양처럼 약해서 단숨에 단도로 숨통을 끊을 수 있을 텐데, 숫자에 밀려 출혈을 각오하고 계략까지 써야 하는 것 아닙니까."

대회전의 결과는 패배였다.

하지만, 그들의 얼굴에는 패색보다 더욱 짙은 투쟁심이 불타고 있었다.

"흠, 피해는 입었지만 적은 더욱 심하게 당했다. 다행이야. 대족장님의 의도가 먹혀 들어가는구나."

두런두런 이야기를 나누며 가던 그들이 위험 지역을 벗어나 한적한 소로로 접어들었다.

우림이 가득 들어찬 이곳만 넘으면 그의 임무는 끝이 난다.

땅은 비에 젖어 질척거렸다.

어쩔 수 없이 천천히 말을 몰아 가고 있는데, 어둠 속에서 빛이 번쩍였다.

피잉.

"으악!"

앞서 가던 수하 하나가 고꾸라졌다.

"기습이다!"

수림은 초원에 교묘히 숨어 있는 장소다.

마음을 놓고 있었던 터라 울목울과 그의 부대는 단숨에 혼란에 빠졌다.

"말에서 내려라! 말 뒤에 숨어!"

빽빽한 나무 틈에서 쏟아지는 화살은 지독히도 정밀했다.

핑! 핑! 핑! 핑! 핑!

곡도를 채 반도 뽑기 전에 어두운 수림에서 화살이 빗발

치듯 쏟아져 내렸다.

방심하던 초원의 전사들이 변변찮은 대응도 하지 못하고 고꾸라졌다.

"도대체 누가 이곳에 매복을 했단 말이냐?"

중원의 무리들은 이곳에서 백 리가 넘게 떨어져 있다.

'혹시, 대족장의 계략을 간파한 것인가?'

심장이 철렁하여 손발이 어지러운 가운데 귓불을 스치며 화살이 날아갔다.

"억!"

어깨를 싸쥐며 울목울이 외마디 비명과 함께 낙마했다.

"울목울! 이런 젠장!"

막 정신을 수습하려는데, 숲속에 매복하고 있던 이백 북상찬명대가 기합을 지르며 달려들었다.

"우와아아아아!"

피해를 입지 않은 이들이 말고삐를 채며 타울과 울목울을 구하려 하자 재차 화살이 쏟아졌다. 이번에는 숫자는 적지만 정확히 말의 다리를 쏘는 정밀사였다.

말들이 날뛰자 등에 올라타고 있던 이들이 버틸 재간이 있을 리 없다.

속절없이 바닥으로 굴러떨어지니, 사람이 한 덩이로 엉켜 비명을 질러 댔다.

낙마한 고통을 채 수습하기도 전에 어둠에서 달려 나온 검은 갑주의 무사들이 진창에서 뒹구는 이들에게 창과 검을 찔러 넣었다.

"으악!"

야지 부족의 무사들이 대응하려 하였다.

하지만 혼란을 채 수습하지도 못하고 낙마한 상황에서 여의치 않았다.

무엇보다 어둠 속에서 달려온 이들의 무공은 대단했다.

질풍같이 달려오더니 도륙하기 시작하는데, 두 번 칼질을 하는 법이 없었다.

한순간에 수하들이 시체로 변하자 타율이 분노하며 곡도를 휘둘러 댔다.

하지만, 다치고 낙마한 상태에서 도무지 힘을 쓸 수가 없었다.

"으아아악! 이 검은 악마들!"

발악을 하던 타율에게 냉랭한 인상의 독안 검객이 달려들었다.

허공에서 발을 세 번을 휘젓는데 신형이 쭉쭉 날아가더니 전면으로 육박했다.

"아악!"

손을 찔린 타율이 도를 떨어트리자, 허공에서 신형을 휘돌린 독안의 검객이 다리를 베었다.

다리가 풀린 타율이 쓰러지며 진창 위를 굴렀다.

"장수만 포박해라."

상황이 정리되자, 검은 갑주의 적들이 타율을 비롯한 몇

명을 굴비처럼 엮었다.

반항을 하려고 했지만, 몸 곳곳을 두들기자 눈앞이 감기는 것을 느꼈다.

'이들이 바로 중원의 검은 악마들이로구나. 크윽, 이런 자들이 어떻게 이곳에…….'

이어지던 상념은 목덜미 뒤쪽의 느낌을 마지막으로 수면 속으로 잠겨 들고 말았다.

* * *

"천부장님, 목표를 포획했습니다."

손쉽게 전투를 마무리 지은 후에 독안룡이 말 등에 타율을 얹어 놓으며 대답했다.

"이대로 다음 목표까지 이동한다."

"알겠습니다."

"시간이 많지 않다. 두 곳을 먼저 쳐야 해. 너무 힘을 뺐다가 고생하지 말고 내공을 배분해서 쓸 수 있도록 해라."

"참, 말들은 어쩌지요?"

말은 귀중한 전리품이다. 급할 때는 식량으로 써 체력을 보존하는 데 큰 도움이 된다.

하지만 독안룡은 고개를 저었다.

"말은 손대지 말라는 명령이 있었다. 다섯 명은 남아서 다리가 다친 말의 상처에 푸른 붕대를 감고 세 번째 작전

지역으로 이동하라."

이미 진백천의 계략이 정확히 먹혀 들어가는 것을 본 독안룡이다.

거부할 생각도 않은 채 간단히 활과 화살을 수거하고 출발하니, 수림에는 절룩거리는 말들과 살육의 흔적만이 남게 되었다.

* * *

밤새우도록 기습과 매복을 반복한 북상찬명대는 지친 기색으로 집결지에 모였다.

"이놈아, 졸지 마. 명색이 군마라는 놈이 걸어가면서 졸면 어쩌잔 말이냐?"

가장 먼저 집결지에 도착해서 기다리던 진백천이 꾸벅꾸벅 고개를 내리는 소완마를 타박했다.

그럼에도 이제는 아무도 진백천을 탓하는 사람이 없었다.

간밤의 전공은 상상도 못 할 정도였다.

얼이 빠진 사시가 어깨를 움츠리며 물었다.

"대장, 대장은 귀신입니까?"

"나처럼 잘생긴 귀신은 많을수록 좋겠지."

평소와 같으면 입을 비죽이 내밀었을 사시는 물론 독안룡이나 엄천진도 감히 대꾸를 하지 못했다.

그들이 보기에 진백천은 귀신이나 마찬가지였다.

완벽한 장소에 매복을 하고, 정확한 병력을 투입해 승리를 거머쥔다.

참으로 정석과도 같은 승리다.

누구나 떠올린다.

하지만 정석을 전개하는 전투 방식과 완벽한 간파력은 도무지 이해가 안 간다.

내공을 배분하여 화살을 쓰는 횟수와 적의 숫자에 알맞은 병력 배분. 무림인의 특기라고 할 수 있는 내공을 이용한 재빠른 공격과 퇴각.

어느 병법서를 보더라도 이러한 방법은 없었다.

가장 두려운 부분은 마치 세상사를 손 위에 놓고 관조하는 것처럼 모조리 꿰고 있다는 사실이다.

두려움마저 배어 있는 대원들의 시선을 아는지 모르는지 진백천은 그저 말 등 위에서 한가로이 앉아 시시덕거린다.

"천진아, 이것 봐라. 평소에는 털까지 빠지고 더러운 놈이 피를 뒤집어쓰니까 적토마가 따로 없어."

정말이지 피를 뒤집어쓴 소완마는 적토마와 같은 모습이었다.

안광이 이글거리고 새빨간 털이 곤두서 있으니, 평소의 불량 조랑말 같은 느낌은 어디 가고 위압감을 내뿜는 영성이 찬 신마가 서 있다.

"말이 지친 것은 안다. 내공이 바닥을 칠 테니 힘이 들 거야. 하지만 조금만 더 움직이면 되니까 참는다."

아무도 불평하지 못했다.

그들은 안다. 누구보다 많은 활약을 한 사람이 진백천이라는 사실을.

피를 먹고 사는 전신과 같은 모습으로 전장을 누비던 한 마리의 귀신을 보았다.

엄천진이 말 머리를 돌리는 진백천을 그저 멍하니 바라보고 있는데, 독안룡이 다가와 그의 정신을 일깨웠다.

"무슨 생각을 그렇게 하십니까?"

"독안룡은 어떻게 생각해?"

"진백천 천부장 말씀이십니까?"

"천하에 존재하는 모든 병법을 전부 견식했다고는 생각하지 않았지만, 원리 정도는 꿰고 있다고 생각했다. 하지만 갈수록 나는 무엇을 배웠는지 알 수가 없어."

"……글쎄요. 소가주님의 말씀대로입니다만, 저는 단지 사람을 놀리는 재능이 특출한 사람이라고 말씀드리고 싶군요. 길지 않은 삶을 살아오며 명장으로 이름난 많은 자들을 만나 보았지만, 저런 인물은 없었습니다. 너무 의기소침하지 마십시오. 옆에서 보고 배우는 것만으로 대단한 기연이라 할 수 있지 않습니까?"

* * *

전선을 이탈한 것이 아닌가 걱정하던 북상찬명대가 중군

의 야영지에 닿았을 때, 잠시 소란이 일었다.

적의 기습인 줄 알다가 대비하던 한 병사는 병탈마동 진백천을 알아보며 깜짝 놀랐고, 다음은 말 등에 굴비처럼 엮인 포로들을 발견하고는 놀랐다.

꽤나 이름 있는 몽고의 족장만 다섯이었는데, 낮의 전투에서 놓친 이들이 분명했다.

"이게 어찌 된 일인가?"

적에게 입힌 피해에 비해 아군의 피해가 적지 않아 속이 쓰리던 팽파주는 기뻐하면서도, 어이가 없어 물었다.

진백천이 별 감흥이 느껴지지 않는 어조로 대답했다.

"도망치기에 잡았지요."

"알고 있네. 나도 눈이 있으니까. 내가 궁금한 점은 자네가 이들의 퇴각로를 어찌 알았냐는 것이네."

"처음부터 말씀드렸지만, 우중추는 대단한 지략가입니다. 만약 제가 그라면 어떠한 계략을 쓸까 생각해 보았지요. 그러다 보니, 한 가지 불안이 생겼지 뭡니까. 너무나 끔찍한 불안이었기에 저는 말도 못 하고 혼자 끙끙대며 고민했습니다."

"아니, 대장이 언제 고민을……."

동화가 잽싸게 양인도의 정강이를 걷어차며 침묵시켰다.

그제야 진백천이 말을 이었다.

"우중추가 지도가 유출된 사실을 모를 리 없잖아요. 이미 일이 틀어졌다면 새로운 계략을 써야 하겠지요. 당황한 그는 역공을 펴려고 했을 겁니다. 우리가 적의 위치를 안다는 사실은 진군 행로가 뻔하다는 말이니까요. 때문에 저는 초원의 지리에 박식한 자로서 고심을 거듭해 의심 가는 지점에 매복을 해 뒀을 따름입니다. 운이 좋았지요."

"대단하군. 정말 대단해."

듣는 이들은 진백천의 말만으로 탄복을 했지만, 북상찬 명대는 뭔가 미심쩍었다.

매복 지점에는 여지없이 적이 나타났다.

운으로 백발백중의 계략을 만들어 낼 수 있으면, 전쟁을 하느니 차라리 제단을 차리고 하늘에 제사를 지내고 만다.

"어쨌든 이대로 가면 큰일 납니다. 적도 저희의 공격에 마땅히 대비를 했을 테니, 당장에 이로(二路)로 펴져 진군하는 군대에 퇴각령을 내리고 전략을 다시 짜야 해요."

직접 작전을 고안한 팽한위는 진백천의 말에 펄떡 뛰었다.

"그게 무슨 소리냐? 군을 돌린다는 말은 패배를 자인하는 일과 같다."

직접 공격로를 제안한 이윤기도 버럭 성을 냈다.

"나는 스스로 지장이라 생각한 적은 없지만, 심력을 기울여 계책을 짜냈다. 네가 도대체 무슨 근거로 나를 비하하려 하느냐?"

만부장을 화나게 하는 진백천의 언사에 중인들은 놀라면서도 그와 같은 말을 하는 저의에 의문을 느꼈다.

"네 말은 이해하겠다. 공을 세웠으니 자만심이 생겼겠

지. 너의 실력은 인정하마. 하지만, 후퇴는 없다."

시기심마저 가득한 이윤기의 말에 사람들은 진백천이 당황할 것이라 생각했다.

하지만, 진백천은 이윤기에게 시선도 주지 않은 채, 혼자 중얼거렸다.

"오늘은 날씨가 맑았지만, 비가 온 끝에는 초원에 안개비가 내리곤 하지요."

"말을 돌리지 마라, 진백천!"

"풍류를 아는 호걸이라면 응당 높은 곳에 올라, 술을 마시며 경치를 즐기면 좋지 않을까요?"

까마득한 상관의 말을 무시하는 태도에 다른 장수들의 얼굴이 붉어졌지만, 팽파주만은 뭔가 숨은 뜻이 있다는 것을 느꼈다.

"자네의 말을 따르지. 오늘의 공적이라면 자네의 말실수는 상쇄하고도 남으니까."

"남는 공이 있다면, 높은 단 위에서 좋은 보검 한 자루 건네기보다, 좋은 술을 여럿에게 나누어 주세요."

"원, 자네도 참. 어린 나이에 술을 찾으니 주귀가 따로 없군. 여봐라, 당장에 가서 이들을 먹일 술을 넉넉히 가져오너라."

당장에 보급대에서는 천 명을 먹일 술을 찾느라 소란이 일었다.

갑주는 풀어 놓을 생각도 안 한 채 진백천은 옆구리에 향

좋은 술동이를 끼고, 한 손에는 간단한 안줏거리를 든 채 팽파주와 함께 높은 언덕을 올랐다.

뒤에는 적토마가 되어 버린 소완마와 장수 여럿이 뒤따랐는데 누구하나 입을 여는 이가 없었다.

이를 아는지 모르는지 진백천은 열심히 손을 놀려 항아리와 입을 오가며 잔을 들어 대고는, 팽파주와 두런두런 이야기를 나눌 뿐이었다.

"근방은 완전히 정리가 되었습니까?"

"비록 간밤에 일어난 일은 쉬이 이해가 되지 않으나 나는 만인대장이다. 기습에 대비하지 못한다면 당장에 은퇴하고 손자 재롱이나 보러 가야지."

"팽가의 여식은 갓난아기 때부터 붓 대신 대도를 휘두른다던데 사실입니까?"

"하, 그 정도는 아니네. 대신 대여섯 살이 되면 장난감 칼 대신 진검을 쥐어 주긴 하지."

웃고 나누는 이야기에 팽파주는 꽤 재미를 느꼈다.

특히 전황이나 전법을 이야기하면 진백천은 막히는 구석이 전혀 없었다.

"나이는 어린데 식견은 대단하군. 이제야 조욱이가 자네를 추천한 이유를 알겠어. 내가 눈이 많이 나빠졌군."

"글쎄, 아직 은퇴할 나이는 아니신 듯한데 너무 늙은 태를 내지 마십시오."

"하하하! 그렇게 보인다면 고맙네."

둘은 정상에 올랐지만, 아직 어스름이 가시지 않아 주위는 캄캄했다.

안개가 낀 터라 하늘에는 별빛과 달빛마저 가려져 보이지 않았다.

진백천은 천지가 내려다보이는 언덕에 깔개와 주안상까지 요구하더니, 다짜고짜 잔을 놓고 안주를 꺼내 늘어놓았다.

가타부타 말도 없이 술잔만 기울이자, 답답한 팽한위가 재촉했다.

"자, 너의 말대로 했다. 어서 네 주장을 증명해 보아라."

"나도 궁금하군. 늙은이 숨넘어가는 꼴 보고 싶지 않으면 당장 보여 주게나."

두 사람의 부탁에도 진백천은 여전히 딴소리만 할 뿐이다.

"어둠은 가끔 진실을 가리지요. 해가 떠오르면 스스로 보일 것입니다."

"흥, 고작 이 낮은 둔덕에서 대체 뭐가 보일 거라는 말이더냐."

"그건 두고 보면 알지요."

잠시 후, 하늘 한가운데 빛줄기가 내려앉더니 멀리서 태양이 서서히 떠오르기 시작했다.

"술을 급히 마시는군. 약관이라고 들었는데, 천천히 마시는 법을 배우는 것이 좋겠어."

"하하하. 날이 밝고 해가 떴으니 젊은이는 일을 해야지요. 당장 바빠질 테니 어디 술 마실 여유나 있겠습니까?

그저 기회가 닿으니 마실 수밖에요."

"그런가?"

지평선 위에서 솟아오른 태양은 서서히 정점을 향해 나아가고, 초원에 깔린 어둠이 밀려나며 감추어져 있던 초원의 모습을 드러낸다.

싸아아.

마치 바람결에 밀려나는 낙엽처럼, 사라지는 어둠 안에 나타나는 정경을 보며 사람들은 말을 잃었다.

"이, 이건……."

이윤기는 아예 입을 열고 다물 줄을 몰랐고, 팽파주는 들고 있던 잔마저 떨어트렸다.

"도대체 저것이 무엇이란 말이냐?"

초원에는 긴 행렬이 이어지고 있었다.

각기 다리에 붉고, 푸르고, 희고, 검은 천을 맨 말들이 각기 다른 방향을 향해 절뚝이며 나아가고 있던 것이다.

마치 붉고, 푸르고, 희고, 검은 강이 흐르는 모습이었다.

탁.

묵직한 소리를 내며 잔이 탁자를 찍자 중인들의 시선이 진백천에게로 쏠렸다.

"제 말의 이유로는 충분하지 않습니까?"

"이, 이보게. 이게 어찌 된 일인가. 말이 열을 지어 산을 넘는 것은 대관절 무슨 의미인가?"

반개한 진백천의 시선이 먼 지평선을 향하며, 손가락이

비스듬히 허공을 찔렀다.

"어젯밤 기습을 하면서 말들의 다리에 색색의 천을 묶어 두었습니다. 말은 회귀의 동물. 주인을 잃거나 다치면 알아서 집으로 돌아가지요. 저들이 각기 다른 방향으로 나아가는 이유는 바로 그 때문입니다."

"아, 그럼 말의 다리에 상처를 내고 돌려보내란 이유가……."

뒤늦게 엄천진의 당황성이 들려왔다.

사람들의 경악에 찬 탄성을 유유히 넘기며 진백천이 말을 잇는다.

"말은 귀소 본능이 강합니다. 한 장소에서 자란 말들은 위험을 느끼거나 주인을 잃으면 집으로 돌아가지요. 뭐, 적은 수를 풀어놓으면 길을 잃곤 하지만, 많은 수의 말을 풀어놓으면 어떻게든 고향이나 오래 머문 장소로 돌아가죠. 우중추는 치밀하게 매복을 하고 있습니다. 지금은 평야에서 전투를 벌일 때가 아니란 뜻이죠."

그 말을 끝으로 진백천이 진지한 어조로 말을 끊었다.

"지금은 후퇴하여 전열을 재정비해야 합니다."

장내에는 북방군의 여러 위맹한 장수들과 지장들이 있었지만, 누구도 그의 말에 반박을 하는 이가 없었다.

물론 극적인 상황을 만들기 위해 진백천이 말의 다리에 묶은 천에 수작을 부렸다는 사실을 알아볼 인물도 없었다.

공적보다 전쟁을 멈춰야 하는 진백천의 계략은 여지없이 먹혀 들어갔다.

*　*　*

"북방군에 벌여 둔 계략은 실패했습니다."

어둠 속을 울리는 삼마의 목소리에 흑사련주는 조용히 턱을 괴고 있다가 입을 열었다.

"제대로 되는 일이 없군."

"……죄송합니다."

살기가 충만한 련주의 말에 삼마는 그저 대죄를 청하며 바닥에 머리를 조아릴 뿐이다.

흥! 하며 거칠게 몸을 일으킨 련주가 재차 물었다.

"실패의 요인은?"

"대단히 뛰어난 장수가 나타났습니다."

"뛰어난 장수라? 일개 한 명의 장수 따위가 본좌가 펼친 계략을 분쇄했단 말이냐?"

"인재를 의심 없이 기용한 팽파주의 안목도 대단하지만, 무엇보다 병탈마동 진백천이라는 장수의 활약이 주요했습니다. 특히 요격에 뛰어날 뿐 아니라, 북상찬명대를 이끌며, 신출귀몰한 병력 운용과 신산귀계로 여진족부터 아주 박살을 내놓았습니다."

"필히 죽여야 할 놈이군."

"그렇습니다."

한동안 말이 없던 련주가 다시 입을 열었다.

"삼마."

"예, 련주님."

"본좌는 더 이상 기다릴 수 없다. 당장에 마지막 계략을 실행하고, 검각을 친다."

"은밀히 움직이려고 하시던 것 아니었습니까?"

"큭! 수하들이 멍청하니 어쩔 수 없지. 천하는 나의 것이 될 테니, 두려워할 것이 없다. 조금 귀찮았지만 어쩔 수 없지. 당장에 흑사대를 불러 모아라. 내가 친히 검각으로 향할 것이다."

"존명!"

* * *

정보부에서 전황을 파악하는 임무를 수행하던 왕사는 탁자에 퍼져 있다가 수하의 재촉에 몸을 일으켰다.

"무슨 일이냐? 왕거지 자는 거 안 보여?"

정강이를 툭툭 걷어차며 왕사가 성을 내자, 어린 거지는 움츠러들면서도 슬쩍 운을 뗀다.

"듣기로 취구독종과 관계된 이야기는 왕거지에게 보고하라고 하셨잖습니까."

"취구독종? 이미 다른 거지를 보냈잖아?"

"산해에 나가 있던 삼 결 거지가 이런 것을 보내왔습니다."

산해?

의아한 왕사가 주섬주섬 종이를 펴 보았다.

작고 꼬질꼬질한 종이에는 암호로 적혀진 문장이 빼곡했다.

흐음, 턱을 긁적인 왕사가 바지춤을 뒤적여 해독 책자를 꺼내 들었다.

시선을 바삐 오가며 암호와 해독문을 번갈아 보던 왕사의 손에서 책자가 툭 떨어졌다.

"으악! 드디어 움직였구나!"

"무슨 일이십니까?"

정신이 나간 양 왕사는 그저 파들파들 떨 뿐이다.

"괴물 같은 놈들이 나타났다. 당장에 전서구를 준비해! 이런, 취구독종은 어디 있지?"

옆에 서 있던 어린 거지가 대꾸했다.

"아마도 적성 너머 전장에 있을 겁니다."

"첫, 다시 전서를 보내긴 너무 멀어. 자꾸 이동을 하니 연락하기 힘들잖아."

몇 개나 되는 전서를 써 내려가며 왕사는 늘어져 있던 거지들을 닦달했다.

"전쟁이 문제가 아니다! 당장에 전서구를 몽땅 띄워라. 구대문파와 사마맹에 보내고 남궁수아에게는 이것을 보내라!"

"사마맹에도 말입니까?"

의아해하는 거지의 물음에 왕사가 무겁게 고개를 끄덕였다.

"도무지 끝을 알 수 없는 놈들이니 별수 있나. 사마맹은 물론이고 마교에도 보내는 편이 좋다."

언뜻 두려움마저 느껴지는 어조에 사태의 심각성을 깨달은 거지들이 부산하게 움직였다.

* * *

기습이 간파되었다는 소식이 꼬리를 물고 퍼지자, 팽파주는 양익을 거두어 급히 적성으로 군사를 물렸다.

도착하여 진을 세우고 있는데, 얼마 지나지 않아 몽고와 여진 연합군이 밀려들었다.

공격은 대단했다.

대비를 하고 있었음에도, 순식간에 뒤로 밀리며 엄청난 수의 기마병을 막아 내느라 혈안이 되어야 했다.

출진했던 사만 군세는 순식간에 밀려났지만, 분전을 하며 저항했고, 북경에서는 급한 불을 끄기 위해서 쉬지 않고 구원군을 보냈다.

처음에는 손쓸 도리가 없을 것처럼 밀려들던 적들도 북방군이 거세게 저항하며 적성을 중심으로 항전하자 얼마 지나지 않아 물러났다..

서로 양측이 마주 보고 한동안 지루한 소모전이 흘러가며, 그렇게 시간은 지나갔다.

十一. 삼 개월 후

처음에는 골칫거리를 처분한다는 생각으로 만들었던 북상찬명대다.

괴멸을 예상하고 만들었던 낭인 부대는 이제 북방군의 떠오르는 희망이 되었다.

그 한가운데는 진백천이 있었다.

"휴우, 너무 설친 것 아닐까?"

"무슨 소리를 하시는 겁니까?"

"아니다. 지난 일은 어쩔 수 없으니까. 오늘은 여기서 야영이나 하지."

명령이 떨어지자, 각자 말에서 내려 부산하게 솥을 걸고 천막을 친다.

항상 작전에 투입되어 제대로 된 식사도 하지 못하는 정규군과는 다른 모습이었다.

"벌써 삼 개월이 다 되어 가는군요."

어느새 곁에 다가온 엄천진이 흘러가는 어조로 말한다.

삼 개월.

북상찬명대가 활약한 시간이다.

많은 변화가 있었던 시간이기도 했다.

양인도는 더 이상 술 먹는 데 은자 걱정을 하지 않아도 되었고, 야율도량은 언제나 두둑하게 은자를 얻어 집에 보낼 수 있게 되었다.

갑주에는 수많은 전투의 흔적이 남았고, 검은 이가 빠졌지만 충실한 시간이었다.

"벌써 그렇게 되었군."

머리를 긁적이며 진백천이 겸연쩍은 얼굴을 했다.

오랜만에 전장에 돌아온 탓에 과하게 움직였다. 뒷일을 생각하지 않고 좌충우돌한 모습이 떠올라 스스로도 웃음이 나온 것이다.

역시 자신이 있어야 할 곳은 전장이었던 것일까?

별로 즐겁지 않은 사실을 깨달은 시간이기도 했다.

"야영 준비가 모두 끝났습니다."

사시의 보고에 말 위에서 늘어져 있던 진백천이 폴짝 뛰어내렸다.

"적병의 움직임은 어때?"

"이미 소탕 작전이 막바지에 이르렀습니다. 구태여 이곳까지 군사를 보낼 리가 없지요."

"하긴, 한동안은 발등에 떨어진 불을 끄기도 바쁠 거야. 시간이 지날수록 다급하기는 저쪽도 마찬가지이니까."

"그렇지요."

삼 개월은 진백천의 말에 아무도 토를 달 수 없게 만든 시간이기도 했다.

* * *

진백천은 휘하 장수들을 불러 공격 방침을 논의하거나 하였다.

십부장들은 자신들의 의견을 묻는 진백천에게 적잖이 감화되어 제법 용을 쓰며 머리를 굴리곤 했다.

'쩝, 이제 원하는 바도 이루었고 슬슬 돌아갈까?'

련주의 야욕도 분쇄했으니, 북방의 전화에 천하가 몸서리를 칠 일도, 철혈의 황제가 침묵할 일도 없다.

자신이 할 수 있는 일은 이제 얼마 남지 않았다.

딴생각을 하고 있는데 사시가 진백천을 불렀다. 이제는 제법 노련한 장수다운 태가 드는 그는 눈을 반짝이며 진백천을 바라보고 있었다.

"어떻게 생각하십니까?"

"무슨 말을 했던가?"

"……상요를 지나, 제수를 돌아 배후를 치겠다는 말을 하고 있었습니다."

"좋은 의견인 것 같아."

의기양양하게 사시가 가슴을 쭈욱 폈다.

"하지만, 좋은 패는 아니야."

한순간에 기분이 곤두박질친 사시를 향해 웃으며 진백천의 손가락이 지도의 한 지점을 찍었다.

"이곳을 지나면 곧바로 적의 날개가 나오지."

"그건 어떻게 아십니까?"

"다 아는 수가 있다."

"비겁합니다. 따로 정보가 있으면 저희들에게도 알려 주셔야죠."

"정보는 무슨. 간단한 이야기야. 내가 우중추라면 대군을 맡아 싸울 방법이 많지 않지. 위성 근처에서 싸우면 골치가 아플 테고. 평야가 넓은 장소에서 대회전을 하지 않으면 또다시 전선이 고착될 테니까."

"대회전을 하려고 한다는 말씀이십니까?"

"그래, 십중팔구 그렇게 나오겠지. 우리가 할 일은 그가 의도하는 대로 흘러가지 않는 거야. 피해서 때를 기다리면 그도 지쳐서 물러갈 거다."

적장의 머릿속에 들어갔다 나온 것 같은 진백천의 화술은 계속되었다.

"적의 계략은 이제 대략 간파가 되었고, 우리의 수는 많지. 병법도 어지간히 수적 차이가 나야 하는 거지, 두 배에 가까운 대군에 돌격하는 바보는 없어. 우중추는 바보가 아니니까, 적당한 수준으로 군사를 내서 오히려 우리를 포위하려 들 거야."

"저희가 역으로 기습하면 되지 않습니까?"

피곤한 어조로 진백천이 대꾸했다.

"우리의 피해가 클 거야."

"패하지 않을 자신이 있습니다."

"사시, 잘 들어 둬라. 나는 공적에 미친 부하는 필요 없어. 희생자가 많으면 귀찮은 일이니까. 너희들의 이름을 내 손으로 귀찮게 적어야 하고, 또다시 상부에 보고를 해야 하지. 너희들 묘비명도 손수 적어 주려면 너무 힘들어. 너는 나를 귀찮게 하고 싶나?"

사시가 목을 움츠리며 물러났다.

"잘 들어라. 다른 놈들은 모르겠지만, 내 부대의 최종 목표는 임무 완수라든가 전공을 세우는 것 따위가 아니야. 그냥 살아남는 거다. 전에 말했던 대로 수틀리면 무조건 도망쳐라. 마지막까지 싸우겠다고 설치다가 평원에서 까마귀밥이 되는 놈은 내가 지옥까지 쫓아가서 괴롭힐 테니까."

공적보다 수하의 생사를 위에 두는 장수는 찾기 힘들다.

다들 숙연해진 가운데, 혼자 이해를 못 한 양인도가 고개를 갸웃거렸다.

"그런데 왜 극락이 아니고 지옥입니까?"

"지옥 입장권 같은 면상 치워. 원래 자식의 죽음은 부모가 마음에 묻는 것이고, 수하의 죽음은 상관의 가슴에 묻는 거야."

말을 하고 나니 제법 그럴듯해 의기양양해진 진백천이 말을 더했다.

"그러니까 지체 없이 튀어. 너희 몇 마리 없어도 전황에 도움이 안 되니까. 그리고, 천진."

"예."

"이번 공격은 네가 맡아라. 난 좀 쉬어야겠어."

"알겠습니다."

회의에서 한발 물러선 진백천은 장내를 천천히 둘러보았다.

최근 들어 떠날 때를 느낀 그는 조금씩 엄천진에게 일을 넘기고 있었다.

처음부터 이렇게 할 생각이었다. 엄천진은 전생에서 훌륭한 무장으로 성장했고, 독안룡과 양인도, 안사명 등은 훌륭한 부장이 되었었다.

이들이 있다면, 어느 정도 북방의 일은 마음을 놓아도 될 것 같았다.

'역시 운명을 타고난 이들이라서 그런 걸까?'

배움은 빨랐다. 정석에서 벗어난 전법도 처음과 다르게 많이 익숙해 보인다.

과연 하늘이 낸 인물들은 뭔가 달라도 다르다고 생각하며, 진백천은 스스로를 돌아보았다.

자신이 새로운 삶을 얻은 이유는 무엇일까?

아무리 고민해도 답은 묘연하여 안개 속을 헤매는 기분이었다.

*　*　*

밤중에 잠을 청하려고 하는데 한 사람이 들이닥쳤다.

"진백천 천인대장을 만나러 왔다."

밖이 소란스러워 나가 보니 웬 거지 하나가 소란을 피우고 있었다.

용모파기를 확인해 진백천을 구분한 거지가 쪼르르 달려와 다급한 어조로 말했다.

"취구독종이 맞습니까?"

"왕사가 보냈겠군. 오직 그 거지만 나를 그렇게 부르니까."

"그렇습니다."

거지는 묘하게 다급한 어조로 품에서 꼬질꼬질한 종이를 꺼냈다.

"자세한 상황은 모르지만, 왕거지가 이것을 전해 주면 알아볼 것이라고 했습니다."

수하들을 시켜 거지에게 먹을 것과 쉴 곳을 주고 왕사의 전서를 읽어 내려가던 진백천의 안색이 굳어졌다.

심상치 않은 기색을 느꼈는지, 곁에 있던 양인도가 물었다.

"무슨 일입니까?"

"당장에 육 대를 전원 집합시켜. 문제가 발생했다."

* * *

야심한 시각, 정예가 빠져나간 북경을 내달리는 무리가 있었다.

칠흑 같은 흑의는 밤의 어둠에 동화된 것처럼 그림자를 타고 넘더니, 성벽을 넘고 지붕을 타 넘는다.

실로 기공할 만한 신법이 아닐 수 없었다.

서른 명의 그림자들이 본성의 남쪽 성문 아래로 모여들었다.

"모두 모였나?"

그중, 가슴팍에 회색 뱀이 수놓아진 흑의인이 나서며 물었다.

대답 대신 서른 명이 모두 고개를 끄덕인다.

"시간이 많지 않다. 각자 임무에 착수하고, 흩어져 귀환한다."

어둠이 짙게 내린 가운데 흑의인들이 어둠 속으로 녹아들었다.

암사대원 오십 인은 각자 맡은 바대로 움직였다.

명령은 간단하다.

북경 내에 상주하는 군부의 수뇌부 암살.

중원의 군사 편재는 집권적인 면이 강해 장수가 쓰러지면 힘을 쓰지 못한다.

아무리 정예라고 해도, 몽고나 여진처럼 개개인의 능력에 따라 운용이 결정되지 않는다.

따라서 수뇌가 암살당하면 큰 혼란에 빠지게 된다.

추후 그들의 목표 중에는 무림맹의 자제들도 포함된다. 황제의 명령으로 출정한 이들이 암살당한다면 당장에 문파와 세가들이 들고일어설 것이 불문가지이기 때문이다.

자연스럽게 북방의 전력을 녹일 기회.

암사 칠위는 재빨리 전각의 처마 밑으로 숨어들었다.

가공할 신법에 옷자락 스치는 소리조차 거의 들리지 않는 절정의 은신술.

잠시 주변을 살펴 주시자가 없음을 판단하고는 훌쩍 뛰어내렸다.

스륵.

창틀을 열고, 안으로 스며든 한 암사대원이 천장에 매달렸다.

목표는 지금쯤 기루에서 술을 진탕 먹고 인사불성이 되어 있을 터였다.

역시나.

어둠 속에서 이불에 웅크리고 있는 인영이 눈에 띄었다. 오르락내리락하는 이불의 기복을 살피던 암사 칠위가 벼락처럼 달려들어 검을 박아 넣었다.

푹.

고기를 꿰뚫는 감촉이 들리고, 흔들림이 잦아들었다.

그와 같은 움직임이 숙영지 여기저기에서 벌어지고 있었다.

* * *

"하하하. 무슨 일일까?"

화려한 전포를 받아든 천부장 현도는 기분 좋은 웃음을 얼굴 가득 떠올리며 창안부의 정문을 넘었다. 이미 안에는 이십여 명의 천부장이 자리를 하고 있었다.

"현도, 자네는 웬일인가?"

평소에 안면이 있는 다른 천부장 하나가 물어 왔다.

"허…… 글쎄? 나야 관 감찰사님의 연락을 받고 왔지."

"자네도 그런가? 나 또한 밤중에 연락을 받았지."

슬그머니 함을 소매 속으로 숨기는 그를 보며 조금 이상한 기분이 든 현도가 주변을 둘러보았다.

각자 작은 함을 끼고 있는데, 그들의 내심이 어떻다는 것은 알 필요도 없다.

"혹시 중앙으로 돌아가기 전에 한탕 할 생각으로 우리들을 부른 것인가?"

금의위에 들어갈 생각으로 꾸준히 보화를 상납해 오던 현도는 조금 기분이 나빠졌다.

뇌물을 주고 부탁을 하는 처지지만 이렇게 공개적으로 나오면 불쾌하다. 그렇게 생각하는 이는 혼자만이 아닌지 대부분 표정이 좋지 못하다.

어색한 침묵이 흘러가는 사이 문이 열리며 덕원이 들어왔다.

"자네들은 이곳에서 무엇을 하고 있는가?"

그 또한 미묘한 분위기를 눈치챘는지 대번에 안색을 찌푸렸다.

화려한 전포 아래에 남들보다 배는 큰 상자가 들려 있었다.

덕원의 등장으로 더욱 상황이 미묘해지려는 찰나 문턱을 넘나들며 눈에 익은 하인 하나가 달려왔다.

"관찰사께서 장군님들을 부르고 계십니다. 대전으로 드시지요."

의아한 기분이 들면서도 그들은 무심코 하인을 따라 안으로 들어갔다.

불이 밝게 켜진 장내에는 화려한 장식과 함께 주안상이 마련되어 있었다.

각자 안내에 따라 안으로 들어가 자리에 앉으니, 관철이 나왔다.

"하하하. 모두들 와 주셔서 감사하오. 그동안 귀하들의 덕에 잘 지냈으니, 감사를 전하고자 이렇게 주연을 준비하였소."

그제야 꿀 먹은 벙어리가 된 이들 가운데 덕원이 물었다.

"그렇다면 윤허가 떨어졌다는 말씀이십니까?"

"그렇소. 돌아가는 대로 그대들의 노고를 상세히 보고할 테니, 좋은 소식을 기다리는 일만 남았소이다."

기다렸던 말에 찌푸려졌던 무장들의 안색이 대번에 펴졌다.

다들 자리에서 일어서서 감사를 표하니, 금방 화기애애한 분위기가 되었다.

"본 관찰사가 황궁으로 영전하여 돌아가게 되었소. 그대들에게도 좋은 날이 될 것이니 술이 빠질 수 없지 않겠소?"

관철의 말이 떨어지기가 무섭게 하인들이 각자의 잔에 술을 채워 주었다.

기분이 풀어진 무장들은 그저 좋은 낯으로 잔을 받아 양손에 받쳐 들었다.

"자, 황상 폐하의 무한한 영광을 위해."

관철이 잔을 들자 무장들이 급급히 말을 더했다.

"관 대인의 앞날을 위해 건배하겠습니다.

"부디 오늘을 잊지 말아 주십시오."

"하하하! 황도에서 세력을 규합하고 황상 폐하를 위해 노력하고 있지만, 그간 많은 반발이 있어 고생했던 일이오. 문종문이나 문씨와 같은 썩은 나무통이 같은 자들이 나라의 밝은 날을 저어하고 있지만, 곧 해결이 될 듯하오. 앞으로 제장들에게 많은 협조를 부탁드리겠으니, 부디 나의 청을 내치지 마시오."

"이를 말입니까? 관철 대인께서 불러 주신다면 천 리를 마다하고 찾아가겠습니다."

두 손으로 잔을 쥐고 관철이 술을 마시자 장수들도 따라 마셨다.

각자 아부를 하며 기분 좋게 몇 순배를 마시고 있는데, 말석에 앉아 있던 한 장수가 갑자기 비명을 질렀다.

"수, 술에 독이…… 우웩!"

검은 피를 울컥 토한 그 장수가 벌벌 떨며 쓰러졌다.

너무나도 의외의 상황에 장내에는 침묵이 감돌았다.

"이게 무슨 짓이오!"

관철 또한 영문을 모르겠던 터라 어안이 벙벙해져 대답을 하지 못했다.

성을 내던 장수 하나가 가슴을 움켜쥐었다.

"크악! 내 술에도 독을 넣었구나."

입술을 비집고 검은 피가 흘러나오자, 그제야 장내의 장수들은 모두 독을 마신 것을 알았다.

"이, 이…… 위선자 같으니라고, 좀도적 같은 놈아! 우리가 너를 믿었는데, 독주(毒酒)로 보답하다니!"

"나, 나는 모르는 일이다!"

피를 토하던 장수가 득달같이 달려들어 관철에게 검을 날렸다.

관철은 비대한 몸을 일으켜 피하려 했으나, 죽음의 울분을 담아 날린 검이다.

독에 중독이 되었지만 북방에서 선전한 무사의 검이니 주지육림에 빠져 살던 관철이 피할 수 있을 리 만무했다.

단숨에 가슴에 검이 박혀 외마디 비명과 함께 쓰러지자 무사들은 이번에 총관에게로 시선을 돌렸다.

"네놈도 공모자렷다? 용서할 수 없구나!"

자신들이 중독된 것을 안 장수들이 관철의 총관을 향해 노성을 터트렸다.

하지만, 돌아오는 반응은 싸늘했다.

"흥, 아둔하고 탐욕스러운 것들이 주제를 모르는군."

"뭐라 지껄이는 것이냐!"

한 장수가 검을 앞세우고 달려들자, 총관이 싸늘하게 웃으며 손을 털었다.

꽈아앙!

날아가던 장수 하나가 벽에 부딪힌 개구리처럼 빠르게 튕겨 나갔다.

일 수에 쓰러진 그는 움직이지 않았다.

총관의 손에서 일렁이는 청색 기운을 본 장수들이 깜짝 놀랐다.

"수강! 네놈, 그간 무공을 감췄던 것이더냐!"

"클클클. 놈이라…… 독과 술도 구분 못 하는 것들이 감히 본좌를 막 부르다니."

막강한 살기를 끌어올림과 동시에 창문을 박살 내며 십여 명이 뛰어 들어오더니, 당황한 장수들에게 달려들어 모조리 목을 날려 버렸다.

"으악!"

"크어어억! 이놈!"

한때나마 화기애애했던 장내는 완전히 피와 비명으로 아

수라장이 되었다.

* * *

"이런! 조금 늦었나?"

생각보다 암습이 일찍 시작되었다.

긴장을 늦추지 않았지만 흑사련의 암살자들은 너무나도 은밀하고 빨랐다.

바람결에 들려오는 아득한 비명에 혼비백산이 된 독안룡이 물었다.

"이게 어떻게 된 일입니까?"

"암습이야. 정예가 적성에 나가 있는 상황에서 수뇌부들이 공격당했다."

한밤중에 전투를 준비하라고 해서 갑주까지 차려입고 있었지만, 반신반의했다. 하지만, 관저를 내달리는 동안 끊임없이 들리는 비명을 듣는 이상 믿지 않을 도리가 없었다.

"누구의 암습이란 말입니까?"

"흑사…… 아니, 우중추의 계략이다. 너는 어서 가서 천부장과 만부장을 보호해."

황망 중에 대답하는 사시 등에게 진백천이 강조했다.

"암살자라 해도 적은 대단한 고수다. 일곱이 한 명을 상대하고, 십부장은 다섯이 하나를 상대해. 아무리 백부장이라도 절대로 셋이 모이기 전에 상대를 해서는 안 된다."

수하들의 무공 수위를 잘 아는 진백천이다.

생각보다 적들이 강력함을 알고 양인도마저 가라앉은 눈매로 고개를 끄덕였다.

"대장은 어딜 갑니까?"

양인도의 물음에 진백천이 이를 갈았다.

"대장 관저. 독안룡과 엄천진, 안사건은 나를 따르고 나머지는 백부장들이 통솔해!"

그간 서로 부대끼며 손발을 맞춰 온 북상찬명대가 그림같이 나눠지며 각기 방향으로 달려갔다.

* * *

대장군 최세현의 관저로 달려가니, 문 앞에는 병사들이 모조리 쓰러져 있었다.

맥을 짚어 확인한 안사건이 고개를 저었다.

"대장, 병사들이 전부 죽었습니다."

"조금 늦었군…… 쌍검, 안으로 들어간다."

신법까지 발휘해 문을 박차고 들어가자 관저 곳곳에는 죽어 가는 사람들이 즐비했다.

더욱 걸음을 빨리하며 들어가자 다행히 최세현의 모습을 찾을 수 있었다.

'아직 늦지 않았구나.'

최세현은 푸른 전포를 차려입은 차림으로 휘하의 제장들

과 함께 흑의인 열둘을 맞아 힘겨운 싸움을 하고 있었다.

화려했을 전포가 넝마가 되어 있자, 진백천이 이를 갈며 석등을 밟고 신형을 뽑아 올렸다.

"하압!"

뒤쪽에 있던 흑의인이 진백천을 확인하고는 검을 날려 왔다.

황망 중에 펼쳤음에도 전후좌우를 점하고 검풍과 검기가 요동친다.

지독히도 빠른 살검.

내공을 끌어올린 진백천이 반검을 찍었다.

콰앙!

빠르게 싸움을 끝낼 요량으로 무지막지하게 내공을 끌어 올린 일 수다.

일 수의 격돌에 날쌘 늑대처럼 장내를 몰아가던 흑의인이 검과 함께 반쪽으로 쪼개지자 습격자들의 시선이 대번에 진백천을 향했다.

벼락같이 날아든 상대에 흑의인들을 통솔하던 회색 뱀의 흑의인이 외쳤다.

"웬 놈이냐?"

양다리를 교차시키며 허공에서 수평으로 몸을 뒤집은 진백천은 그를 피해 또 다른 흑의인에게 달려들고 있었다.

고수를 상대하기 전에 위협을 하나라도 줄여 놓을 셈이다.

허공에서 신형을 휘돌린 진백천이 성난 맹수처럼 다른

흑의인을 향해 달려들었다.

우우웅.

양손을 가슴께에 들고 맞대니 벌떼가 우는 소리가 들리며 막강한 경력이 몰아쳤다.

휘리리릭.

일 수에 담긴 묵직한 위력을 보았던 터라, 흑의인은 검집으로 땅을 찍으며 훌쩍 몸을 날렸다.

소름 끼치도록 빠른 반응!

콰앙!

흑의인이 서 있던 자리가 움푹 파이며 흙먼지를 비상시켰다.

"크윽!"

하지만, 일 수에 담긴 경력을 모두 해소하지 못했는지 지면에 내려앉는 모습이 위태롭다.

이를 두고 볼 진백천이 아니다.

양손을 갈고리처럼 만든 채, 독수리가 먹이를 채듯 목울대를 때렸다.

훙훙훙훙훙.

공기가 찢어발겨지며 흑의인의 의복이 베인 것처럼 잘려 나갔다.

결국, 삼 초를 버티지 못하고 가슴에 장을 얻어맞더니 피를 토하며 고꾸라졌다.

"뭣들 하고 있냐! 저놈을 막아!"

최세현을 몰아가던 흑의인 다섯이 협공을 시작했다.

숨 쉴 틈 없이 물레방아처럼 꼼꼼하게 검진을 짜 공격하자 진백천의 신형이 당장에 검광 안에 갇혔다.

당장에라도 피를 뿌리고 쓰러질 것 같았는데, 섬뜩한 검광 속에서 갑작스레 붉고 푸른 기운이 폭사되며 달려들던 흑의인 세 명을 후려쳤다.

콰아아앙!

진천뢰가 터진 듯 장내의 청석이 요동치며 세 개의 고깃덩어리가 튕겨 나갔다.

서리가 끼고, 불꽃이 뒤덮인 그들을 보며 회의인이 깜짝 놀랐다.

"음양쌍절수? 어떻게?"

"적마에게 물어봐라!"

당황해서 어쩔 줄 모르는 회의인을 덮쳐 가며 진백천이 보법을 밟았다.

"막아!"

대업이 거의 성사된 마당에 뛰어든 진백천에게 당황하며 회의인을 비롯한 흑의인 셋이 덤벼들었다.

눈 깜짝할 사이에 검진을 완성하며 베어 오는 모습이 단조로우면서도 패도적이다.

네 명이 한가지로 펼치는 검세가 수레바퀴 굴러가듯 맞아 들어가며 팔방을 거칠게 베어 냈다.

"팔향회원의 기!"

진각을 밟고 현란한 보법으로 검세를 피해 내며 짐짓 목소리를 크게 하여 외쳤다.

"으윽, 네가 어찌 팔향회원의 기예를 알고 있느냐?"

"집에 가면 엄마한테 물어봐라!"

"이익! 감히 나를 놀리다니!"

이를 악문 네 명이 급격히 검을 비틀어 역수로 말아 쥐고는 천지사방으로 검기를 뿌렸다.

손은 가만히 있는데, 낭창낭창 김신이 휘어지며 무차별적으로 공간을 난도질한다.

"무극만상의 기!"

"크윽, 빌어먹을 녀석!"

지면을 낮게 쓴 회의인이 진백천을 두고 비호처럼 최세현에게 달려들었다.

"뒈져라!"

일 검에 담긴 무수히 많은 변화와 끔찍한 살기에 전신이 난도질될 것만 같은 상황에서 안으로 작은 인영이 뛰어들었다.

콰앙!

바람에 흩날리는 벚꽃의 검기가 공격을 갈가리 찢어 놓자 달려들던 것보다 더욱 빠르게 밀려난 회의인이 비명을 질렀다.

"악! 화령풍매검까지! 도대체 네놈은 어디의 누구란 말이냐?"

"우리 집의 진백천이다!"

"으득! 감히 본 련의 행사를 방해하다니, 곱게 죽이진 않겠다."

진백천이 어깨를 크게 떨었다.

"암사대인가? 귀한 몸들이 납셨네."

"으드득! 괴물 같은 놈. 너는 너무 많은 것을 알고 있구나. 세상천지에 누가 있어 본 련을 이토록 잘 알고 있단 말이냐?"

"말했잖아. 우리 집의 아들놈이라니까. 넌 더러운 흑사련 놈이고. 혹시나 했더니 역시나야. 련주가 똥줄이 많이 탔구나? 꽁꽁 감춰 두었던 너희들까지 보내다니 말야."

"으득."

이를 갈면서도 회의인의 눈이 빠르게 전장을 살폈다.

당장이라도 피를 뿌리고 죽어 넘어질 것 같은 최세현은 아군의 등장에 힘을 얻었는지, 젖 먹던 힘을 다해 암사대원들을 밀어붙이고 있었다.

'임무는 실패다. 어서 귀환해야 해.'

가장 중요한 일은 최세현의 암살.

하지만, 눈앞에 있는 꼬마는 너무나도 강했다.

듣자하니 적마 또한 아는 듯한데, 고인이 된 그를 안다는 사실은 천지팔마의 죽음과 관계가 있다는 소리 아니겠는가.

자신보다 두 수는 높은 적마를 죽였다면, 남아 있는 암사대가 모조리 달려들어도 승부를 결할 수 없는 강자란 뜻이다.

"눈깔 돌리지 마라. 확 뽑아 버리기 전에."

"으드득. 이 치욕은 잊지 않겠다."

"잊을 리가 없지. 이 치욕이 네 마지막이니까."

싸늘하게 웃으며 진백천이 득달같이 달려들었다.

수장의 뜻을 눈치챈 암사대원들이 진백천을 노리며 검을 베어 왔다.

동귀이진의 수.

싸늘한 검기 다발이 당장이라도 작은 신형을 종잇장처럼 베어 버릴 것만 같았다.

그때였다.

득달같이 검을 뽑는데, 공간이 일그러지며 부챗살 같은 아지랑이가 피어올랐다.

콰앙!

"우웩!"

아지랑이가 열두 명의 검이 교차한 지점을 정확히 때리자 달려들던 습격자들이 모조리 피를 토하며 튕겨 나갔다.

"크, 크윽. 시, 심검지경……! 이 괴물 같은 놈."

피했다면 모르되, 심검지경을 정통으로 얻어맞았으니 충격은 대단했다.

회의인마저 후들거리는 다리를 추스르지 못하고, 결국 바닥에 고꾸라졌다.

"휴우, 심검은 아직 무리군. 검로를 몰랐다면 크게 낭패를 볼 뻔했어.”

반검을 갈무리한 진백천을 보며, 최세현과 장수들은 말문을 잇지 못했다.

자신들이 모조리 달려들어도 쉽게 상대할 수 없던 흑의인들을, 눈앞의 아이는 고작 차 한 잔 마실 시간에 모조리 참살해 버렸다.

지독히도 강맹하고 빠른 손속에 전장에서 늙어 온 최세현마저 할 말을 잊었다.

“덕분에 살았군. 고맙네.”

어려 보이는 외모에 막강한 무력을 지녔다는 사실이 쉬이 믿기지 않는지 최세현은 흔들리는 눈동자를 수습하지 못했다.

뒤늦게 소동을 듣고 달려오는 지원군들을 힐끔 본 진백천이 포권을 취했다.

“아직 감사를 표하기에는 이른 것 같습니다. 암살은 끝나지 않았어요. 당장에 군사를 풀어 구원을 해야 합니다.”

“으득! 그렇군. 자네의 말이 옳아. 자네는 어찌할 생각인가?”

“아직 구할 사람이 남아 있습니다.”

그렇게 말하며 최세현이 채 뭐라고 말하기도 전에 허공을 박차는데, 한 마리의 야조와도 같았다.

“……허! 신인이 따로 없군.”

지붕을 훌쩍 넘어 사라지는 진백천을 보며 최세현이 한마디 했다.

*　*　*

진백천이 다음으로 향한 곳은 남궁수아의 처소였다.

다행히 이곳까지 침입한 흔적은 없다. 마음 한구석으로 안도하며 안으로 들어가니, 다탁에 앉아 뭔가를 읽고 있던 남궁수아가 금방 뒤춤으로 무언가를 숨겼다.

"백천아, 여기는 무슨 일이야?"

"자객이 침입했어. 너는 괜찮은 거지?"

고개를 빼며 휘휘 둘러보며 다가가자, 남궁수아가 뒷걸음질을 쳤다.

"암살자라고?"

"음, 녀석들이야. 남궁 할배를 해한 놈들."

"……그렇구나."

남궁수아의 어깨가 대번에 축 처졌다.

잠시 그렇게 뜸을 들인 그녀가 묘하게 반짝이는 시선을 올려다보며 물어왔다.

"너는 어째서 이곳에 온 거야?"

"어째서라니, 그야……."

대꾸를 하려던 진백천이 뒤통수를 벅벅 긁으며 고민에 빠지자, 남궁수아는 입가를 들어 올린다.

"내가 걱정이 되었구나."

"글쎄, 그건 단지……."

"헤헤. 내게 무슨 일이 생길까 봐 걱정이 된 거 아냐?"

샐쭉하게 뜬 눈으로 팔꿈치 공격을 해 오는 터라, 구석에 몰린 진백천이 어색하게 웃으며 뒷걸음질 쳤다.

"너도 참 오지랖이 넓어. 내가 무사할 것이라고 이야기한 사람은 너였잖아. 걱정할 것 없다고 한 것도 너였잖아."

"그건…… 그렇지."

생각해 보니 진백천은 자신이 왜 이곳에 왔는지 잘 모르겠다 싶었다.

전생에 남궁수아는 안전했고, 흑사련의 계획이 크게 변하지 않는 한 현재에도 그럴 것이다.

운명이란 바꿀 수 있으면서도, 큰 틀은 변하지 않으니까.

그럼에도 어째서 자신은 남궁수아를 찾아온 것일까?

골똘히 고민에 빠진 진백천은 남궁수아가 자신을 처연한 시선으로 바라보고 있다는 사실을 인지하지 못했다.

十二. 떠나는 진백천

피해는 상당했다.

덕원파의 장수든 윤기파의 장수든 많은 수가 희생당했지만, 덕원파 쪽 피해가 좀 더 심했다.

관철에게 선을 대던 통에 한꺼번에 죽임을 당한 터라 덕원파의 세는 아예 없어지게 되었고, 새로운 인사들이 떠올랐다.

다음의 천부장, 만부장으로 거론되는 이름에는 엄천진을 위시한 북상찬명대가 거론되었다.

누구보다 공을 세운 진백천의 이름이 누락된 이유는 간단했다.

이제 군부가 어떻게 돌아가든 관심이 없어진 진백천은 모든 일을 엄천진에게 맡기고 슬그머니 혼란의 중심에서 빠져나와 남궁수아 등과 노닥거리는 일로 시간을 보냈기 때문이다.

대장군이 자신을 찾을까 걱정하여 아예 사망자 명단에

이름까지 올려놓고 나왔으니, 더 이상 귀찮게할 존재는 없다고 하겠다.

* * *

제갈서유가 통째로 빌린 후원 별채에서 가득 차린 음식을 앞에 두고 진백천이 비명을 질렀다.

"으으으, 힘들다. 이제는 좀 쉬고 싶어."

"흐응, 너는 쉬고 싶다면서 여기저기 안 끼는 데가 없어. 싫다고 하면서도 빨빨대고 잘 돌아다닌다니까."

남궁수아의 핀잔에 진백천이 엄지를 척 들어 보인다.

"그건 내가 다 차가운 성도 남자니까."

"아예 성도 남자 이야기가 입에 붙었구나."

흡사 만담이라도 하듯 장난을 치고 있는데 모용희미가 두 눈을 빤히 뜨고 이쪽을 바라보고 있었다.

미묘한 눈초리에 진백천이 정색을 했다.

"꼬마야, 나 임자 있는 몸이다. 그런 눈으로 보지 마."

"흥. 별꼴이야. 흥! 칫! 펫!"

고개를 팩 돌려 버리는 모용희미를 놀려 대며 놀던 진백천은 뒤통수에서 따가운 시선이 느껴져 고개를 돌렸다.

무슨 일인가 바라보니, 남궁수아가 고개를 홱 돌리는 게 아닌가.

뼈가 어긋나진 않을까 걱정되는 모습에 진백천이 고개를

갸웃거렸더니.
“잠깐만 바람 쐬고 올게.”
남궁수아는 손부채를 부치며 나가 버렸다.
묘하게 힘이 없는 남궁수아의 모습에 진백천이 고개를 갸웃거렸다.
“얼마 전부터 행동이 이상하네? 요즘 밥도 적게 먹더니, 더위라도 먹었나?”
“멍청한 진 오빠! 도무지 여심이라는 것을 하나도 몰라. 게다가 이제 겨울인데 더위는 왜 먹어? 참, 별꼴이야.”
진백천은 당당하게 말할 수 있었다.
임을 봐야 별을 따지. 임은 쫓아내고, 딸 별도 없지 않은가. 자신이 여심을 모른다면 하늘 탓이지, 자신의 잘못이 아니다.
상처받은 눈으로 제갈서유를 돌아보니, 그 또한 심장 한 가운데를 부여잡고 있었다.
아무래도 동병상련을 느끼기에 참 좋은 기회인 듯하지만, 진백천은 애써 암울한 시선에서 고개를 돌렸다.
“생각해 봐. 뭔가 잘못한 것 없어?”
묘용희미의 물음에 곰곰이 떠올려 보며 진백천이 손을 하나하나 꼽았다.
하나둘 꼽기 시작하더니, 이내 주섬주섬 신발까지 벗어 발가락까지 꼽던 진백천이 울상을 지었다.
“글쎄, 생각나는 게 없는걸?”

"'셀 수 없다.'인 건 아니고?"

도끼눈을 한 모용희미가 진백천을 노려보며 말했다.

"요즘에 뭔가 의기소침해 있잖아! 활발한 척하지만 힘도 없고! 얼굴에 그림자가 있어!"

"얼굴에 그림자가 없으면 귀신이지."

"제갈 오빠는 말대답하지 마!"

한소리 고함에 찌그러진 제갈서유가 탁자의 나뭇결을 세기 시작했다.

어처구니없이 불쌍한 모습이라 진백천은 어쩐지 어깨를 두들겨 주고 싶은 기분에 사로잡혔다. 하지만 추궁은 계속됐다.

"분명해. 범인은 바로 너야! 네가 언니를 고장 냈다고!"

이제는 삿대질까지 하며 화를 내는 모용희미를 보며 고개를 갸웃거린 진백천은 슬그머니 일어나 남궁수아가 나간 자리를 총총 좇아갔다.

남궁수아는 주루의 한편에 있는 연못가에 있었다.

무릎까지 오는 바위에 앉아 흔들리는 수면을 바라보는 모습이 어딘가 쓸쓸해 보였다.

"수아야, 무슨 일이야?"

타박타박 다가가자 남궁수아는 침울한 시선을 들어 진백천을 말없이 올려다본다.

달빛 아래 오도카니 앉아 자신을 올려다보는 남궁수아의 시선은 참으로 묘했다.

어쩐지 온몸 구석구석이 근질거리는 느낌이라 가만히 보고 있기 힘들다고나 할까?

한참이 지난 후에 대뜸 남궁수아가 묻는다.

"너는 어째서 나에게 온 거야?"

제법 중요한 질문인지 눈매에는 잔뜩 힘이 들어가 있다.

"글쎄……."

진백천이 가자미눈을 하자 남궁수아는 결국 어깨를 늘어트리고 말았다.

"떠날 거면서……."

"응? 뭐라고 했어?"

"왕사가 알려 줬어."

그녀의 손에는 작은 종이가 들려 있었다.

잘은 모르겠지만, 암살이 있던 밤.

놀라며 감추던 종이가 아닐까 생각하면서 의아한 기분이 들었다.

"이건 뭐야?"

"……내 입으로는 말할 수 없어. 읽어 보면 알 거야."

남궁수아가 시선으로 읽기를 종용하는 터라, 미간에 잔주름을 지은 진백천은 여러 번 접힌 쪽지를 펴 보았다.

몇 번이고 펴고 나서야 이내 익숙한 필체와 문장이 나왔다.

금방 읽어 내려가던 진백천이 눈이 동그래졌다.

부릅뜬 그의 눈매를 바라보며 남궁수아가 말했다.

"왕사의 편지야. 네가 연락이 되지 않아 나에게 보냈대.

며칠 전에 받았어."

"……어디지?"

낮게 가라앉은 어조로 진백천이 급히 신형을 돌렸다.

막 내공을 끌어올려 신법을 펼치려는데 남궁수아의 물기 어린 목소리가 발목을 잡았다.

"가는 거야?"

진백천이 시선조차 돌리지 않은 채 고개를 작게 끄덕였다.

"응, 아무래도 그렇게 될 것 같아."

"죽을 거야."

"응, 아무래도 그렇게 될 것 같아."

"설영이도 네가 죽으러 간다는 사실을 알고 있어?"

"아니, 몰라. 앞으로도 모를 거야. 비밀로 해 줘. 혼자 멋 좀 내다가 죽게."

여전히 남의 일을 말하는 듯한, 무미건조한 대답이 들려왔다.

어째서일까? 왜 언제나 자신에게는 마음을 터놓고 진실만을 이야기하는 것일까?

진실을 말해 준다는 사실에 행복해야 하는 것일까? 아니면, 가슴 아파해야 하는 것일까?

남궁수아는 아직 자신의 마음도, 진백천의 마음도 모르겠다고 생각하지만, 하나만은 간절했다.

'이럴 때만큼은 거짓말을 해 줘도 좋잖아.'

미묘하게 흔들리는 입가를 손으로 막으며 남궁수아가 가

까스로 울음을 억눌러 참았다.

어쩔 수 없다.

애초부터 이런 녀석이었으니까.

언제나 제멋대로에, 멍청하고, 둔하고, 할 줄 아는 것이라고는 달려들어 물어뜯고 아파하는 것밖에 모르는 싸움닭 같은 녀석이었으니까.

상대가 변하지 않는다면 그녀로서는 어쩔 수 없다.

스스로 나아가는 수밖에 없음은 이전부터 잘 알았다.

그녀가 일어서며, 진백천의 소매를 쥐었다.

가슴 한구석에서 조금씩 터져 나오던 감정의 격류가 둑을 타 넘는 물처럼 점차 거세지기 시작한다.

"……나 있잖아."

남궁수아는 한껏 숨을 들이켜고 오랫동안 마음에 숨겨왔던 말을 꺼냈다.

"너를 좋아해."

겨울이 부쩍 다가와 시리게 부딪혀 오던 바람이 멈추었다.

적어도 그녀가 느끼는 대로라면 그랬다.

부끄러운 기분에 눈이 감겨지고, 손에 힘이 들어가지도 않았다.

"……."

콩닥거리는 가슴께에 양손을 맞잡고 대답을 기다리던 남궁수아는 대답이 들려오지 않자 살짝 실눈을 뜨고 진백천의 반응을 살폈다.

진백천은 미동도 없이 그저 그대로 등을 보이고 움직이지 않고 있었다.

혹시…… 못 들은 걸까.

부끄러운 분노에 얼굴을 발갛게 물들일 때가 되어서야, 진백천이 웃고 있다는 것을 알았다.

월광 아래에서 하얗게 빛나는 진백천의 옆얼굴은 확실히 웃고 있었다.

"알고 있어."

"내 말은 농담이 아니야."

"알고 있었다니까."

"그렇다면 웃을 리가 없잖아! 놀란다든가 화낸다든가, 아니면 멍청하게 웃어넘긴다든가! 너다운 반응을 보이란 말이야!"

어느새 빽액 고함을 지르는 남궁수아의 눈에는 뜨거운 눈물이 흘러내리고 있었다.

성큼 다가와 소매로 그녀의 눈가를 문지르며 진백천이 문득 입을 연다.

"미안해."

어쩐지 너무나도 서러워서 남궁수아는 주르륵 눈물을 흘렸다.

"왜, 나는 안 되는 거야?"

"글쎄, 내 마음은 좁거든. 가족 빼고, 한 명이 정원이면 정원 초과인 모양이야."

"바보 같으니! 이 바보야!"

마지막까지 우스갯소리를 하는 진백천을 보며 남궁수아가 작은 주먹으로 가슴을 쳤다.

진백천은 웃는 듯 마는 듯 그저 가만히 서서 그 토닥임을 받아 주며 있었다.

남궁수아는 엉엉 울었다.

목청을 놓아 서럽게 울어 버렸다.

뜨거워진 그녀의 귓가로 한 번도 들어 본 적 없는 나직한 목소리가 들려왔다.

"이름 없는 언덕에서 죽을 때도 가치를 쥐어 줬던 웃음이야. 그 웃음을 지어 줄 수 있는 사람을 위해서라면 죽어도 어쩔 수 없잖아."

진백천이 평소와 같이 아하하 웃으며 덧붙인다.

"아쉬운 점은 너와, 설영이와 너무 가까워졌던 것이야. 미련이 많다면 삶은 참 슬퍼지거든. 아무것도 가진 것 없이 갈 수 있다면 좋았을 텐데."

그제야 남궁수아는 진백천이 죽음을 염두에 두고 살아왔음을 느꼈다.

지금처럼 어른의 목소리를 낼 수 있음에도 어째서 아이처럼 굴어 왔을까?

생각해 보면 언젠가 죽게 된다는 생각에 스스로 가장 행복했던 시간 속에서, 그와 같은 모습으로 살아가려 했던 것이 아닐까?

바보 같은 생각이지만 이 순간, 남궁수아는 진백천의 가장 가까운 이해자가 되었다.

남궁수아가 떨리는 목소리로 물었다.

"나는…… 나는 안 되는 거야? 내 미소 가지고는 안 되는 거야?"

눈물로 범벅이 된 얼굴을 들어 미소를 지으려 애쓰는 남궁수아를 향해 진백천이 빙긋이 향했다.

"아하하하. 정말 예쁜 웃음이다."

머리를 거칠게 쓰다듬어 준 진백천은 신형을 돌린다.

거침없이, 확고하게 몸을 돌리고 시선을 들어 하늘을 쏘아 본다.

"네 덕분에 좋은 꿈을 꾸었어. 고마워."

신형을 박차며 떠나가는 진백천의 옷자락을 쥐려던 남궁수아의 손이 허공에서 그쳤다.

이미 밤하늘 속으로 사라지는 희뿌연 신형을 보며 남궁수아의 눈에서 뜨거운 눈물이 쉬지 않고 흘러내렸다.

"호박꽃 같은 웃음으로 홀릴 땐 언제고…… 이 무심한 놈아!"

어느 고즈넉한 달밤에 남궁수아의 비명이 메아리쳤다.

十三. 흑사련주

구주 각지에 숨어 있던 비동이 열리며, 삼마가 세상 밖으로 튀어나왔다.

일신에 가공할 무위를 지니고, 가슴에 천하를 떨칠 야망을 품고 있는 삼마의 등 뒤에는 청마대와 자마대, 황마대의 정예 오백이 뒤따랐다.

가히 추측할 수 없는 강자들의 움직임을 알아챈 이는 고작해야 개방과 남궁세가의 밀영대가 전부였다.

"그들이 움직였다. 어서 연통을 넣어!"

황곡의 어느 조용한 계곡.

밀영대원 하나가 전력을 다해 신법을 펼쳤다.

남궁주의 죽음으로 모종의 세력을 캐기 시작할수록 밀영대는 끝도 없는 그들의 저력에 몸서리쳤다.

당대의 십대 고수를 능가하는 무공을 지닌 고수에, 구파일방과 마교와 비교해도 뒤지지 않는 정예가 우글거린다.

숨은 전력까지 감안한다면 가히 두려운 전력.

조사하는 데 걸린 시간만 연 단위고, 들인 금과 노력은 막대했지만, 막대한 대가를 치르고도 알아낸 바는 빙산의 일각일 따름이다.

손가락 반토막만 한 연통에 암호를 써 넣으며 백이십칠은 불안한 감정을 진정시킬 수 없었다.

"부디……."

기원을 담아 그가 전서구를 날렸다.

그때였다.

피잇!

섬광과 함께 날아가던 비둘기가 피를 뿜었다.

"흡!"

발각되었구나.

등골에서 서늘한 기운이 느껴져 무의식적으로 청풍검결을 펼쳐 냈다.

쐐애애액!

검기를 머금은 검신이 독아처럼 후방을 베어 갔다.

채앵.

전력을 다해 날린 검격이 유령처럼 나타나 서 있는 녹의인의 손가락에 어이없이 잡혔다.

"끌끌끌. 조잡한 수를 쓰는구나."

힘을 써도 검을 움직일 수조차 없자 백이십칠은 암담함을 느꼈다.

"너무 고생하지 마라."

재차 반격을 하려던 백이십칠의 신형이 우뚝 멈췄다.

잠시 후, 그는 자신의 가슴에 벚꽃 문양의 구멍이 뚫려 있음을 발견했다.

"크…… 쿨럭! 삼마……!"

선 채로 스르르 무너지는 백이십칠을 보며 삼마가 손을 까닥였다.

퍼엉.

일 장 거리의 땅이 뒤집히며 일 장 깊이의 땅이 파였다.

구덩이 안으로 백이십칠의 시체를 밀어 넣은 삼마는 신형을 박차며 솟구쳐 올랐다.

* * *

흑사련주는 거대한 십인교에 타고 있었다.

십인교를 인 이들은 하나같이 절대 고수들로, 당장에 강호에 나가서 위명을 떨칠 수 있는 자들이다. 그러나, 그들 중 어느 누구도 감히 련주의 앞에서 고개를 들지 못했다.

오로지 극공경의 예를 다해 십인교를 받치고 있었다.

전방을 주시하던 련주가 입을 달싹였다.

"거지들이 많군."

"처리하겠습니다."

"놔둬라. 다 죽이려면 시간이 늦어진다. 나는 한시라도 빨리 무후의 무공을 얻어야 한다."

턱을 괴고 오만한 시선으로 사방을 내려다보던 련주의 앞에 삼마가 부복했다.

"꼬리를 밟는 자들이 있었습니다."

"어디의 놈들이지?"

"남궁세가입니다."

"구주에 별 볼 일 없는 녀석들 천지더니, 개방과 남궁세가. 쓸 만한 구석이 있긴 있군. 하나도 아니고, 둘이나 본련의 지부를 알아내다니 말이야."

"당장에 저를 보내 주신다면 개미 새끼 하나 남기지 않고 죽여 버리겠습니다."

"삼마."

나직이 련주가 입술을 달싹였다.

"그간 너무 심심했지. 음지는 답답하다. 내가 바라는 바는 녀석들이 힘을 합쳐 나에게 대항하는 거야. 일찍부터 싹을 짓밟아 버리면 재미가 없다."

련주의 무공 수위는 지금에도 추측이 불가하다.

천하제일이라 말하지만, 련주는 애초에 천하제일인이나 고금제일인 따위는 안중에도 없었다.

천하의 모든 이들을 상대해 패하지 않을 무공만을 원하고 있을 뿐이다.

"천마지검을 얻고, 무후의 무공만 얻는다면 나는 세상에 두려워할 적이 없다."

련주는 허언을 하는 법이 없었다.

말을 내뱉었다면, 그보다 갑절의 자신감이 있기 때문임을 삼마는 잘 알고 있었다.

* * *

너른 길을 내달리며 진백천이 중얼댔다.

"련주가 직접 출도할 줄이야. 십인교의 주인은 오로지 그밖에 없지."

련주가 나온 마당에 삼마는 걱정의 대상이 되지 못한다.

아무리 천지팔마가 강했다고는 하지만 모두를 합쳐 봐야 련주 하나가 더욱 위험하다.

어지간히 강했던 진백천조차 련주는 인간이 아니라, 신이라고 생각을 했으니까 말이다.

적어도 반신의 경지에 들었음은 확실하다.

내공을 끊임없이 휘돌아 용천혈로 신형을 밀어내며 진백천은 왕사에게서 온 전서를 떠올렸다.

위급. 천하에 산재한 서른여섯 비밀 지부에서 고수들이 출도하였음. 십인교를 탄 이가 련주로 추정되며, 검각을 향해 일직선으로 향하고 있음.

짧은 내용이었지만 진백천에게는 청천벽력이 따로 없었다.

비틀었다고 생각한 운명이 제자리로 돌아온 것이다.

진백천이 악운의 소유자로 운명을 뒤트는 능력의 소유자라면, 련주는 운명을 만들어 내는 존재다.

능력 또한 월등한 그는 천하에 자신이 두려워할 건 없다는 듯, 일직선으로 검각을 향해 나아가고 있다고 한다.

"일직선이라…… 역시 련주다워."

마교조차 중원 침공에는 숙고를 거듭한다. 사마맹은 장고를 거듭하고 나서야 간신히 작은 문파의 공격 유무를 결정한다.

"너무 시간이 촉박해. 어쩔 수 없군."

진백천이 소완마의 마구를 풀며 말했다.

"넌 당장 돌아가라."

주인의 결심을 알았는지 소완마는 고개를 젓는다. 마치 생명의 은인과 함께 죽음을 불사하겠다는 모습이다.

피식 웃은 진백천이 소완마의 갈기를 쓰다듬었다.

"너를 데리고 가면 분명 그들이 알아챌 거야. 혼자 가는 쪽이 안전해. 등짐에 편지를 넣어 두었다. 너는 똑똑하니 잘 찾아갈 거야. 나를 아는 사람을 만나거든 소식을 전해 주기 바라."

결국 주인을 바라보던 소완마가 머리를 돌렸다.

서운한지 몇 번이고 돌아보는 소완마를 배웅하며 진백천은 그저 손을 흔들었다.

말이 떠나고 홀로 남은 진백천이 소매를 걷었다.

이제는 진실로 죽음을 향해 달려가야 할 시간이다.

*　*　*

강호에 나타난 무리를 구주 강호의 누구도 관심을 쏟지 않았다.

혜성처럼 나타나서 소멸해 가는 세력을 무수히 보아 온 중인들은 그저 모른 척 고개를 돌려 버렸다.

그들은 오로지 일직선으로 움직였다.

정직하고 확고하게 움직이면서 궤적에 존재하는 문파를 모조리 지워 버렸다.

그제야 중원의 세력들은 새로이 나타난 자들이 쉽게 스러지지 않을 것임을 직감하며, 그들의 의중과 의도를 파악하기 위해 부랴부랴 움직이기 시작했다.

무림맹도 예외는 아니었다.

산하의 문파 아홉 개가 닷새 만에 박살이 나자 다급히 수뇌부들을 불러 회의를 열었다.

"벌써 아홉 번째 희생자가 나타났소. 대부분 작은 문파라고는 하나, 개천문은 문도가 팔백에 이르는 큰 문파요. 그런 개천문이 주춧돌까지 불타는 데 반시진도 걸리지 않았다니, 도대체 말이 되는 소리란 말이오?"

평소에 성내는 모습을 찾기 힘들던 무림맹주가 얼굴을 벌겋게 물들이며 호통을 치자 장내의 누구도 입을 열지 못했다.

솔직히 신경도 쓰지 않고 있던 그들이다.

이제야 움직였지만, 적들의 위치도 제대로 파악하지 못하는 이들이 태반이었다.

잠시간의 침묵이 지나고 슬그머니 취걸개가 손을 들었다.

"저…… 맹주."

"무슨 일이요?"

"사실…… 우리 개방에서는 파악하고 있었소. 왕사 녀석이 아이들을 풀어야 한다고 하도 시랄을 하기에 이 년 전부터 동향을 주시해 왔으니까."

"과연 개방이군. 일찍부터 움직였다면 꽤 많은 정보를 모았겠군."

"아니, 그저 심심해서 알아나 보자는 생각에 거지들을 보내 봤는데 별로 건진 것이 없었지."

한쪽에서 듣고만 있던 현진자가 껄껄 웃었다.

"거지는 너무 말을 끌고만 있군. 개방의 정보력은 세상 사람이 잘 아는 바이니, 구태여 말을 돌리지 말고 하지?"

"……그게 정말 얻은 내용이 없어. 고작해야 삼십육 개의 지부가 있었다는 정도밖에 없으니까. 이것마저 정확하지 않소. 아마 더 있을지도 모르지."

"하하하! 개방의 정보력을 아는데 말이 되는 소린가? 웃기는 일이야. 농은 그만두고 어디 제대로 이야기해 주게."

현진자가 제법 재미있다는 듯이 은근슬쩍 요구했다.

하지만 돌아오는 반응은 한결같았다.

"서른여섯 개 지부의 숫자만 알아내는 데도 개방의 거지가 사백이 넘게 죽었다."

떨리는 손으로 호리병을 홀짝이며 취선개가 말했다.

"웃고 싶으면 웃어."

"……."

장내는 순식간에 침묵으로 빠져들었다.

* * *

갑자기 나타난 일단의 무리들에 대한 소문은 사마맹에도 날아들었다.

"총관, 이야기 들었어?"

"예, 패주님."

"무림맹에 골치 아픈 일이 생겼다지? 검은 보자기를 뒤집어쓴 놈들에게 꽤 당하는 모양이야. 그러게 작작 좀 해 먹지. 원수진 곳이 어디 한둘인가? 하하! 무림맹 놈들 제법 체면을 구기겠군. 꼴좋다, 더러운 정파 놈들!"

"일전에 마교의 거지새끼들한테 털리긴 했지만, 정파 놈들을 두들기면 더 많은 콩고물이 떨어집니다. 복수혈전이 끝나면 체면이 박살 나고, 피박 본 놈들이야 패주님의 검광 한 번에 우수수 썰려 나갈 테니까요. 패주님께서 복이 많으신 게지요."

"하하하. 하긴 내가 어렸을 때 복덩이라고 불렸어."

흡족한 기분을 느끼며 이야기하고 있는데 문 두들기는 목소리가 들려왔다.

"패주님, 웬 잡놈들이 본 맹에 싸움을 걸어왔습니다."

"무슨 개소리냐?"

"검은 보자기를 뒤집어쓴 놈들이 포해파를 공격했습니다."

"포해파? 포해파는 크지. 정규 무사만 오백 명이 넘잖아? 몇 명이 공격했다더냐? 혹시 놈들이 떼를 지어서 달려든 거야?"

"아닙니다. 침입자는 서른 명이었습니다."

"알겠다. 가 봐. 쯧! 시시한 싸움까지 시시콜콜 알려 오지 마. 총관이 애들 교육을 잘못 시켰어. 이런 일은 대충 알아서 처리하게 했어야지."

극패천이 총관을 보니, 뭔가 미심쩍은 표정을 짓고 있었다.

왜 그런가 하니, 총관이 우물쭈물 묻는다.

"혹시 침입자가 서른 명이었다면, 지금 포해파는 무엇을 하고 있느냐?"

"포해파는 전투 개시 반시진도 안 되어서 전멸했고, 잿더미로 변해 버렸습니다."

깜짝 놀란 극패천이 의자 손잡이를 치며 일어났다.

"말이 되냐? 고작 삼십으로 포해파를 멸문시키다니! 독이냐? 혹시, 독을 쓴 거냐?"

수하가 고개를 더욱 깊이 숙이며 대꾸했다.

"지독한 살귀들이었습니다. 오로지 검만으로 포해파를

전멸시켰습니다.”

너무나도 어이가 없는 소식에 극패천이 입만 뻐끔거렸다.

* * *

검각은 얼마 전 후계자 문제로 다투었다.

하지만 검후와 논검각주가 주축이 되어 아옹다옹하던 것도 옛날 일이다.

제여문은 유설영의 재능에 놀랐고, 검후는 논검각주와는 다른 오유패의 성품에 놀랐다.

두 사람은 친자매처럼 어울렸고, 함께 수련을 받으며 일취월장하는 중이다.

결국, 할 말이 없어진 검후와 제여문은 가끔 자리를 마련하고 차를 마시곤 했다.

분위기가 모두 풀렸다고는 할 수 없지만, 어쨌든 억지로나마 둘은 잘 참고 차를 마셨다.

“맛있네. 좋은 차야.”

“육안차야. 너에게는 과분하지만 싸구려는 아니야.”

냉정한 제여문의 대꾸에 검후가 고운 아미를 찌푸렸다. 예검각 출신의 검후는 다도나 예술에는 관심도 없었고, 조예도 없었다.

지금이야 검후의 이름에 걸맞은 정도만 배운 것이지 아직도 돈이 많이 드는 취미는 없다.

옷도 언제나 입는 값싼 무복이다.

반면에 제여문은 부유한 집안 자제에 막강한 권세를 쥐고 있었다.

생각해 보면 다툼의 시작은 이런 사소한 일에서 시작되었다.

어린 시절의 주먹다짐이 나이가 들어서는 세력을 만들고 검각을 뒤흔들 정도가 되었다.

"후훗. 그러게. 하긴 나는 너처럼 차 맛을 알지 못하니까."

"……."

"그저 그렇게 넘기면 될 일을 어째서 나는 검을 들어 가면서 싸웠을까?"

제여문은 말이 없었다.

그녀 또한 생각이 많으리라.

평생을 살아온 자신들의 가르침을 뒤엎는 제자들의 행동. 하지만, 옳은 쪽은 나이 많은 그들이 아니고 어린 제자들이었다.

"……네가 인정하지 않았기 때문이야."

"그런가?"

"다도를 처음 너에게 가르쳤을 때, 대충 물에 타 먹으면 된다고 내 얼굴에 찻주전자를 집어 던졌지."

검후가 어울리지 않게 헛기침을 했다.

잠시 쏘아보는 눈초리에 허둥대며 검후가 반박했다.

"너도 내가 좋아하는 인형을 너구리처럼 생겼다고 갈기

갈기 찢어서 여우 밥으로 던져 줬잖아."

"그건, 네가……."

"그건, 네가……."

동시에 열린 입이 동시에 다물렸다.

"그만하지?"

"동감이야."

검후의 대답에 제여문이 긍정하는 일은 쉽게 보기 힘든 일이다. 조금씩 마음의 벽이 허물어진다는 반증이 아니고 무엇이겠는가.

따뜻한 햇살 아래 오랜 침묵의 시간이 흘러갔다.

하지만, 전처럼 답답하기보다는 부드럽고, 어색한 침묵이다.

한참이 지나고 나서 검후가 먼저 입을 열었다.

"후우, 어쨌든 설영이는 잘하고 있을까 모르겠네. 후계자로서 인사를 나가는 일도 쉽지 않은 일인데."

"걱정 마라. 네 제자도 그렇지만, 내 제자에 막 사부님까지 있어. 문제가 될 일은 하나도 없을 거다."

묘하게 마음의 일치를 본 두 사람이 창밖으로 시선을 돌리며 한참 동안 차를 홀짝거리는데 공유하가 달려왔다.

"검후님! 논검각주님! 개방에서 연락이 왔습니다."

"호들갑 떨지 말고 말해라. 무슨 일이냐?"

"그게……."

자세히 모르는 공유하는 들은 바만 이야기했다.

“왕사라는 거지가 알려 왔는데…… 진백천의 주적인, 흑사련이 출도하여 저희 쪽으로 향한다고 합니다. 무슨 뜻인지는 잘…….”

이야기를 듣던 검후는 찻잔을 놓쳐 버렸다.

이어 크게 경악한 시선으로 벌떡 일어나더니 논검각주에게 재빨리 말했다.

“당장 외부에 나간 제자들을 불러들이고 내각으로 모여! 어서!”

“무슨 일이지?”

“설명은 나중에!”

불안감이 가슴 속에 피어올라 검후는 제자리에서 발을 동동 굴렀다.

너무나 당혹스러운 소식에 공유하가 멀뚱히 서 있자 검후가 전에 없이 호통을 쳤다.

“검후의 명으로 모두를 불러들여라! 이유를 막론하고, 어서!”

* * *

검각의 후계자가 정해지자 막여령은 유설영과 오유패를 데리고 귀주의 각 문파를 찾아다녔다. 후계자를 여러 문파들에 인사시키는 일은 귀주를 아우르는 검각의 전통 중에 하나다.

논검각과 의검각의 정예들이 뒤따르는 가운데 사람들은 새로운 검각의 후계자들에게 축하를 건넸다.

"설영아, 허리를 펴라. 유패야, 너무 경직된 표정은 좋지 않다."

높은 단상에 마련된 고풍스러운 의자에 앉은 유설영과 오유패는 조금 주눅 든 표정으로 막여령의 말을 따랐다.

살짝 한숨을 내쉰 막여령이 한마디를 더했다.

"너희들은 검각의 후계자다. 주눅이 들어서는 안 된다. 어깨는 곧게. 허리는 언제나 펴고, 후대의 검후답게 당당하게 상대를 응시하여라."

검후답게라.

손가락을 꼬물거리던 유설영이 빙궁을 홀로 상대하던 사부를 떠올리며 어깨를 쭉 폈다.

이제는 제법 도드라진 가슴이 앞으로 나오며 제법 의젓한 태를 내자 막여령이 주름살 진 미소를 지었다.

오랫동안 문파와 무인들의 인사를 받고 나오는 길에 유설영이 물었다.

"태사부님, 검후란 어떤 존재예요?"

"검후라…… 오래전에 검 한 자루를 들고 강호가 좁다 하며 돌아다니던 분이 계셨단다."

"시조님이시군요."

오유패가 남몰래 옆구리에 낀 인형을 만지작거리다가 눈을 반짝였다.

"그렇지, 그분께서는 천하의 자유로움을 얻고자 하셨다. 정처 없이 떠돌던 중 한 야산에 도착하게 되셨고, 산짐승들과 싸우며 사는 사람들을 보았지. 사람들은 하나같이 헐벗고 굶주렸는데 맨주먹으로 산짐승들과 맞서 싸우며 터전을 일구고 있었지. 그게 너무도 딱해 보이신 그분은 사람들에게 물어보았단다. 어째서 위험한 산을 떠나지 않고 자연과 싸우며 사는지를 말이야."

유설영은 검각에 있던 시간이 짧았고, 오유패는 제여문의 개인 지도를 받았기에 처음 듣는 이야기였다.

궁금해진 유설영이 조마조마한 마음으로 재촉했다.

"그래서 뭐라고 대답하였나요?"

"산이 터전이기 때문에 떠나지 못한다고 하였지. 그들에게 이곳은 단순히 양식을 얻고, 지친 몸을 쉬게 하는 장소가 아니라 마음을 묻고, 감사히 여기며 좋은 자리를 내주는 은혜의 대지였던 거란다."

"……."

곰곰이 상념에 빠지는 두 아이들을 향해 막여령이 나지막하게 중얼거렸다.

"이후, 장고를 거듭하신 시조께서는 이 터에 자리를 잡고 검각의 철학을 일구어 내셨단다. 사람들은 검각의 검이 날카로움 일변도라고 하지만, 안에 담긴 뜻은 부드러움과 자유로움이다. 치열한 가운데 마음만 바뀐다면 자유로움이 존재하지 않는 곳이 없다는 시조의 가르침이 녹아 있지."

마음이 녹아 있는 검예.

자유로움을 간직한 검.

'어쩐지 꿈속에서 본 기억이 나지 않는 남자의 검이 떠올라.'

유설영이 그렇게 고개를 갸웃거리고 있는데, 막여령의 인자한 눈매가 싸늘해졌다.

"흥, 감히 어떤 놈들이!"

챙!

어깨를 튕겨 검을 빼 든 막여령이 신검합일의 기세로 날아가며 전면에 검기를 수놓았다.

콰콰콰콰쾅.

흙먼지가 비산하며 야조처럼 열두 개의 인형이 막여령 앞을 가로막고 섰다.

"이건 뭣하는 것들이냐?"

검을 등 뒤에 대며 한 걸음 나선 막여령은 속으로 무척 경계하는 기분이 들었다.

'하나하나가 대단한 고수들이다. 도대체 어디에서 온 자들일까?'

자신은 몰라도 의검각원들이나 예검각원들로는 상대하기 버겁다.

그중 가슴에 황금의 뱀을 수놓은 흑의인이 걸어 나오며 막여령 앞에 섰다.

"귀하가 막여령인가?"

"어디에서 온 자들이기에 감히 귀주의 땅에서 본녀에게

이렇게 무례하단 말인가."

"흑사련. 흑사련의 금사대다. 귀주를 뒤엎을 분들이시다."

금사대.

황금빛의 뱀 문양을 본 유설영이 잘게 몸을 떨었다.

어디선가 본 그림이다.

황금 뱀을 떠올릴 때마다 드는 느낌과 감정은 결코 호의적인 것이 아니었다.

무엇보다 따뜻힌 미소의 남자를 무참히 부숴 버린 꿈속의 악마들과 무척이나 닮아 있었다.

* * *

산등성이에서 고개를 내밀던 진백천이 신음을 흘렸다.

"젠장, 벌써 여기까지 오다니."

흑사련의 흔적을 찾기는 어렵지 않았다.

십인교를 이고 오는 이들은 산이 가로막건 강이 가로막건 일직선으로 내달렸기 때문에 오히려 쉬운 편에 속했다.

문제는 쏘아진 화살과 같은 기세로 육박하는 그들을 막아 낼 이들이 없다는 사실이다.

구파일방에 비견되는 검각이지만, 련주가 나선 이상 맞설 수 없는 상대다.

무림맹의 장로 여덟이 합공을 하고, 무림맹주가 나섰음에도 승리했던 련주다.

도무지 승산이 없는 싸움이었다.

“결집되지 않은 강호의 힘으로는 절대로 불가능해.”

안타까움에 발을 동동 굴렀지만, 없는 수가 생길 리 없다.

“일단은 시간이라도 끌어야 해. 왕사나 다른 사람들도 이제 흑사련의 존재를 눈치챘을 테니, 움직여 주었으면 좋겠는데…….”

고작 시간을 끄는 것.

제아무리 진백천이라도 할 수 있는 최선은 그뿐이었다.

* * *

“이제 곧 귀주로군.”

“이틀이면 검각에 도착합니다, 련주님.”

“흐음, 너무나 지루하군. 사마맹과 무림맹의 눈치가 이렇게 없는 줄 알았다면, 본좌가 친히 움직여 검각을 쳤어도 좋을 뻔했어.”

방금 전 두 시진 만에 두 개의 문파를 지운 것치고는 지나치게 무미건조한 목소리였다.

십인교는 거침없이 나아갔고, 산과 강을 평지처럼 달렸다. 가로막는 존재는 절대로 무사하지 못했다.

적어도 지금까지는.

녹사대주가 달려와 련주 앞에 부복하며 고했다.

"련주님, 수상한 자가 나타났습니다."

"수상한 자라니?"

"그게…… 속하도 잘 모르겠으나, 음양쌍절수의 흔적이 발견되었습니다. 녹사대 일곱 명이 사망하고 흉수의 흔적을 찾고 있습니다."

"뭐라고? 음양쌍절수?"

음양쌍절수는 흑사련주가 직접 만들어 낸 무공이다.

어떻게 음양쌍절수를 익힌 이가 련을 공격할 수 있단 말인가!

길을 뚫기 위해 앞서가던 황사대 팔 조는 공터에서 만신창이가 되어 죽어 있는 사 조원들을 보며 깜짝 놀랐다.

나무들이 한쪽으로 쏠려 있고, 공터의 중심에는 벽력탄이라도 터졌는지 커다란 구덩이가 만들어져 있었다.

"사 조원이 공격당한 지 일각이 채 되지 않았는데 어찌 된 일이지?"

여섯 명의 조원이 공터를 살피며 싸움의 흔적을 살폈다.

한쪽에서 시신을 살피던 조원 하나가 소리쳤다.

"이쪽에 생존자가 있습니다."

급히 가 보니, 생존자는 만신창이가 되어 있었다.

피범벅이 된 채로 헐떡이고 있는데, 칼은 반 토막이 나서 부러지고 몸은 그냥 축 처져 있다.

당장에 숨이 끊어질 것 같아 팔 조장이 채근했다.

"나는 황사대 팔 조장 항유다. 적은 누구였나?"

"으으으……."

생명이 꺼져 가는 그는 갈라진 입을 뻐끔거렸지만 목소리가 제대로 들리지 않았다.

"확실히 말하라. 적은 누구였나?"

"느…… 희…… 모…… 다……."

꺼져 가는 목소리에 팔 조장이 입가에 귀를 가져갔다.

그제야 기어 들어가는 목소리가 또렷하게 들렸다.

"너희들은 모두 죽었다."

뭐라고?

뭔가 이상함을 느낀 그의 복부에 묵직하고 차가운 감촉이 파고들었다.

시선을 떨군 그는 자신의 복부에 박힌 검을 보았다.

어느새 죽어 가던 시체는 자신을 보며 싸늘하게 웃고 있었다.

"커, 커헉! 네놈은……."

휘리릭.

누운 채로 땅을 치고 수평으로 신형을 휘돌린 진백천이 내력을 퍼부으며 검강을 날렸다.

달려왔던 팔 조원들은 채 반항 한 번 해 보지 못하고, 피를 흘리며 쓰러졌다.

"휴우, 생각보다 대어가 걸리지 않는군. 다음 장소로 이동해야겠다."

*　*　*

처음에는 간단한 적이라 생각했던 련주는 판단을 수정하지 않을 수 없었다.

“황사대 다섯 개 조가 북쪽으로 향하기 시작했습니다. 녹사대는 여덟 조가 서쪽으로 진격하고 있습니다.”

이게 도내체 어찌된 일인가.

놀람은 이제 시작이었다.

“황사대 다섯 개 조가 전멸했습니다. 모두 마흔여덟 명이 사망했습니다.”

“녹사대 칠십이 인이 전멸했습니다. 적의 기습을 받았습니다.”

“화령풍매검과 일음천퇴각의 흔적이 발견되었습니다. 흉수를 알기 힘듭니다.”

당연한 일이었다.

습격자는 련주의 무공을 쓰고, 련주의 필체로 부대에게 명령을 내리며, 흑사련만의 비밀 흑화로 부대를 혼란시키고 있었다.

직접 무공을 창안한 련주로서는 기가 찰 노릇이었다.

“……이게 어찌 된 일이지?”

그제야 상태가 심각함을 깨달은 련주가 삼마를 불러 물었다.

“진실로 일음천퇴각의 흔적이었습니다.”

"화령풍매검과 음양쌍절수의 흔적도 확인했습니다. 북상한 황사대가 받은 명령서 또한 련주님의 필체와 암호가 맞습니다."

태어나서 처음으로 흑사련주는 난감함을 느꼈다.

"어찌 된 영문인지 모르겠군."

날아오는 소식과 시기는 제각각이었지만, 련주는 적이 다수가 아님을 알 수 있었다.

막강한 내공과 능력은 함부로 얻을 수 있는 것이 아니다.

무엇보다 반쪽의 천마지검에서 미미한 파동이 느껴진다.

그제야 재미있다는 듯 어깨를 들썩이며 웃은 흑사련주가 이빨을 드러내며 살소를 지었다.

"재미있군. 상당히 재미있어. 하하하! 이런 적이 검각을 가는 길목에 숨어 있다니, 우연은 아니지."

그간 자신을 방해해 온 자가 검후가 아님을 직감적으로 느낀 그가 싸늘하게 중얼거렸다.

"속도를 높여라. 놈은 검각을 지키기 위해 움직이고 있으니, 언젠가 앞에 모습을 드러낼 것이다. 하하하하하!"

* * *

"이런! 생각보다 타격을 주지 못했어."

진백천의 몸 상태는 좋지 않았다. 여기저기가 갈라지고, 언제나 마르지 않고 대해처럼 흐르던 내공이 조금씩 바닥을 드러내고 있었다.

더욱이 자신의 의중을 알았는지, 련주가 속도를 더해 가는 터라 진백천은 정말 똥줄이 빠지게 달렸다.

거의 이백여 명에 달하는 흑사련의 정예를 죽이고, 혼란을 시키기 위해 사방팔방으로 뛰어다녔지만 성과가 없다시피 했다.

절망에 빠질 것만 같았다.

"역시 흑사련주. 쉽게 당하지 않는군."

자신에게 무공을 가르치고, 세상에 넘시 못할 하늘과 벽이 있음을 알려 준 인물.

죽어서도 싸우고 싶지 않은 이였지만, 별수가 없었다.

뭔가 궁리를 하던 진백천은 저 멀리서 분전하던 인물을 보며 깜짝 놀랐다.

"제길! 살기는 정말 틀린 것 같군."

* * *

헉헉.

막여령은 끈질기게 달라붙는 흑의인들에 맞서며 분전했지만, 몸 상태가 좋지 않았다.

내력과 검술은 뛰어나지만 이제 체력은 떨어지는 나이다. 강렬한 짧은 전투는 몰라도 길고 지루한 전투는 무리라는 뜻이다.

"아악!"

아직 피지도 못한 예검각원 하나가 피를 뿌리며 쓰러지자, 막여령이 돕기 위해 신형을 뽑아 올리려 했다.

"크윽!"

하지만 금사대원이 치밀하게 따라붙으며 목덜미를 베어오자 결국 포기를 해야 했다.

채앵.

검을 쳐 낸 막여령이 역수로 검을 말아 쥐며 사방으로 검기를 떨쳤다.

피핏핏핏핏.

"이크, 날카로운 공격이군."

금사대는 시간을 끌고 있었다.

이미 제자들 대부분은 오랜 추격에 지쳤고, 반수 이상이 바닥에 몸을 뉘였다.

혼자서 상대하기는 너무나도 버거운 상대였다.

턱까지 차오른 숨을 가라앉히며 막여령이 물었다.

"금사대라고 했나? 과연 대단하군. 하지만, 도망치는 재주부터 배운 모양이야."

"끌끌! 늙은 생강답게 입이 맵군. 뭐, 도발임을 알고 당해 줄 수는 없지만."

막여령이 주위를 둘러보니 상황은 최악으로 치닫고 있었다.

당장이라도 전멸을 금치 못할 것이라 생각하고 있는데, 뒤쪽에서 번쩍하며 벼락이 떨어졌다.

콰앙!

"크악!"

넋 놓고 있던 금사대원 한 명이 피떡이 되어 쓰러졌다.

"누구냐?"

급히 신형을 돌리는데, 작은 신형이 장내에 뛰어들며 무수히 많은 각영을 차 오는 것이 아닌가.

쐐애액!

바람을 가르는 소리는 하난데, 장내에는 각영밖에 보이지 않는다.

"일음천퇴각!"

익히 수법의 이름을 알고 있는 금사대원들이 비명을 지르며 피하려고 했다.

하지만, 각에 집중된 힘이 놀라웠다. 다섯 명이 피를 뿌리며 날아가는데, 동시에 허공에서 내려선 인형이 쌍장에서 불과 얼음을 토해 냈다.

콰앙.

"크윽! 이건 뭐냐?"

"음양쌍절수? 제기랄, 일음천퇴각과 음양쌍절수라니!"

비명성과 함께 개미떼처럼 흩어지는 흑의인들 한가운데로 진백천이 내려섰다.

"으드득. 이 자식들! 도대체 누구에게 손을 대는 거냐?"

진백천의 시선은 막여령 뒤쪽에서 자신을 바라보는 작은 체구를 향하고 있었다.

"너희들 다 죽었다. 덤벼!"

*　*　*

정말로 큰일이 났다.

귓가에는 벌이 앵앵대고, 정신은 오락가락한다.

오기 전에 삼마와 붙었던 것이 문제였다. 일대일로도 감당이 힘든 마당에 시간을 벌기 위해 손해를 감수했던 탓이 크다.

몸이 물먹은 솜처럼 무거워 당장에라도 쓰러질 것만 같았지만, 진백천은 도리어 웃었다.

"아가씨."

유설영이 진백천 눈앞에 서 있었다.

옷이 찢어지고 베어졌지만, 다행히도 유설영은 무사했다.

"나를 구하러 와 준 거야?"

눈앞에는 언젠가 월하검무를 추던 그녀가 있었다.

아직 작고 어렸지만, 그때의 모습을 제법 간직하고 있다.

너무나 반가운 모습에 가슴이 복받쳐 오른 진백천은 입을 열 수가 없었다.

입을 열면 울음이 나와 버릴 것 같아.

그저 묵묵히 입술을 양끝으로 벌리며 웃으려 노력했다. 한참이 지나서야 진백천은 입을 열 수 있었다.

"예."

유설영은 반짝이는 눈으로 자신을 응시하며 똑바로 물어왔다.

"왜?"

전과 같이 두려워하지 않고.

"어째서 나를 이렇게 도와주는 거야?"

어깨를 펴고 턱을 들고.

"언제나 나를 이토록 아껴 주는 이유는 뭐야?"

조금은 자유로워진 마음으로 강하게 부딪혀 온다.

진정으로 월하검무의 단편을 떠올린 진백천은 그저 행복했다.

련주가 오고 있다지만, 유설영을 만나니 그간의 고생이 마치 허깨비처럼 느껴졌다.

덕분에 마음에 안정이 찾아왔다.

"제가 말했잖아요. 저는 언제나 아가씨 곁에 있을 거라고."

조금은 두려움이 남아 있던 유설영의 눈망울에는 안도가 돌았다.

"내가 무공 수련했을 때, 움막에 있던 것은 진 오빠지?"

진백천은 그저 고개를 끄덕였다.

"내 뱃멀미를 고쳐 주고, 아플 때마다 맛있는 음식을 해 준 것도 진 오빠지?"

그럼요.

곤궁에 빠질 때마다 언제나 달려오겠다고 했잖아요.

말은 나오지 않았지만, 유설영은 이미 대답을 듣고 있었다.

기쁨이 차오르는 유설영의 시선에 진백천은 온몸에 힘이 빠질 것만 같았다.

전생에 자신을 살게 했던 행복을 되찾은 지금 진백천은 전신에 힘이 펄펄 났다.

“같이 가자. 이제 나도 같이 갈 수 있어. 나 강해졌어. 그림 속의 미인처럼 예뻐질 수 있어.”

귓가가 멍멍하다.

그토록 듣고 싶었던 말 아닌가.

진백천은 히죽히죽 웃었다.

“잠시 다녀올 데가 있어서요.”

“백천아, 너도 함께 돌아가자. 검각에서라면…….”

막여령이 제지를 했지만, 진백천은 고개를 저었다.

“금방 따라갈게요. 걱정 마세요. 그런 걱정할 시간에 아가씨부터 챙겨요.”

유설영의 반짝이던 눈이 금세 시무룩해졌다.

“거짓말! 적은 강해. 나, 진 오빠가 말한 대로 강해지고 있는데, 상대도 되지 못했어. 아직도 두려워.”

고개를 숙이는 유설영의 시선 안에서 진백천이 알통을 만들어 보였다.

“걱정 마세요. 나는 원래 강하잖아요.”

“하지만, 적은 강해. 그리고 수도 많아.”

“강하지만 나보다는 약해요. 그리고 수가 많지만 그렇게 많은 것도 아니에요. 얼마 전에 저는 일만 대군과 혼자 맞서 싸운걸요?”

“정말?”

"물론이에요. 진백천이란 이름을 들으면 만 명이든 백만 명이든 도망갔다고요."

"말도 안 돼. 거짓말이야."

투정 같은 유설영의 말에 그녀의 머리에 손을 얹으며 진백천이 대답했다.

"나는 아가씨 앞에서는 거짓말을 하지 않아요."

조금 곡해할 뿐이지만.

아니, 많이 곡해할지도 모른다.

얼마 전에도 이미 다 컸다고 시집가도 되겠다고 했으니까.

어쩔 수 없지.

사실 다시 보면 아직 어리다. 자신의 마음을 받아 줄 수 있을지 굳건한 마음이 흔들릴 정도로 아직 어리다.

그래, 어쩌면 어리광을 받아 주던 쪽은 유설영 쪽이었는지도 모른다.

그저 행복해지고 싶다는 원초적인 어리광에 응해 주고 있던 쪽은 이 작고 여린 작은 아이일지도 모른다.

"정말로…… 돌아오는 거야?"

"응, 물론이에요. 내가 그랬잖아요."

뒷말은 하지 않았지만, 진백천의 웃음은 이미 말하고 있었다.

언제나 그녀가 울적할 때마다 귓가에 소곤거리던, 언제나 들으면 마음이 따스함으로 차오르던 한마디.

"언제나 너의 곁에서 함께할 테니까."

그래, 이 말 한마디가 하고 싶었을 뿐이구나.

전생의 메마름까지 전부 더해, 수백 번을 곱하고 더해 맞닥트린 고난일지라도, 한마디의 답변처럼 돌아오는 작은 미소 하나만 있으면 메마른 대지에 뿌려진 샘물처럼 언제나 생명력이 약동한다.

심장의 박동이 돌아오는 것을 느끼며 진백천이 유설영의 머리에 손을 얹었다.

"내가 있을 자리는 아가씨의 옆이니까요."

"……."

수줍은 듯 볼을 붉히고 시선을 내리는 유설영을 보며 진백천이 행복한 미소를 지었다.

꼭 마지막까지 행복하지 않아도 좋다.

전생에서 느꼈던 대로.

삶은 어떤 결과를 얻느냐가 문제가 아니니까.

어떻게 사느냐, 어떻게 죽느냐가 남자에게는 더욱 중요하니까.

* * *

진백천은 손을 흔들었다.

막여령과 검각의 제자들이 사라진 지 오래되었지만, 지치지 않고 제자리에서 손을 흔들었다. 팔이 떨어져 나갈 때까지 계속 흔들어도 좋을 것 같았다.

쿠쿠쿠쿠쿵.

등 뒤에서는 눈이 오기 시작했다.

추운 북방은 몰라도 따뜻한 귀주에서 눈이 오는 일은 거의 없다.

무엇보다 뇌전을 흩날리는 눈이 오는 날은 맹세코 없다고 자신할 수 있었다.

쿵.

나무가 뿌리째 뽑히며 허공으로 말려 올라갔다.

쿵.

흙먼지가 비산하며 폭풍처럼 수림을 뒤흔들었다.

쿵.

몸을 돌려 보니, 십인교가 멀찍이 보이며, 녹색과 황색, 금색의 뱀이 수놓아진 흑의의 무리가 무수히 모습을 드러냈다.

그제야 손 흔들기를 멈춘 진백천이 피식 웃었다.

"쉽게 죽어 줄 수야 없지."

손으로 옷을 툭툭 턴 진백천이 동북쪽을 향해 절을 올렸다.

한 번, 두 번, 세 번. 아홉 번의 절을 마치고 일어나 활기차게 웃으며 중얼거린다.

"아버지, 어머니, 소란아. 그리고 수아야. 그동안 즐거웠다."

어느새 십인교는 지척까지 와 있었다.

십인교 아래는 성이 난 삼마와 흑사련의 정예들, 그리고 오만하게 자신을 바라보는 흑사련주가 자신을 기다리고 있었다.

"네가…… 천마지검의 주인이겠군."

언제 봐도 익숙해지지 않는 련주의 얼굴이다.

헤헤 웃은 진백천이 비로소 반검을 쥐었다.

"그래, 너는 흑사련주고."

"대단한 녀석이구나. 혹시 본 련에 들어올 마음이 없느냐? 크게 대우해 주마."

피식 웃어넘긴 진백천이 전의가 가득한 얼굴로 히죽 웃었다.

"전생에서까지 뺏국을 우려먹었으면 됐지, 또 우려먹으려고 해, 이 양심 없는 놈아?"

"안타까운 놈이로군. 너의 말이 너의 생사를 갈랐다."

후웅.

태산이 몰려오듯 밀어닥치는 살기과 공력의 폭풍에 두 다리로 맞서며 진백천이 반검을 높이 치켜들었다.

* * *

흑사련의 조용한 출도 이후, 검각은 종말을 피해 갔고, 시간은 흘러갔다.

(천하제일 이인자 10권에서 계속)

◆본 작품의 의견, 감상을 기다리고 있습니다◆

보내실 곳 _

서울시 구로구 디지털로 26길 111 JnK디지털타워 503호
우편번호 08390
(주) 디앤씨미디어 시드북스 편집부

월영신 작가님 앞
REUM 작가님 앞

월영신 시드북스 저작 리스트

천하제일 이인자 9
천하제일 이인자 8
천하제일 이인자 7
천하제일 이인자 6
천하제일 이인자 5
천하제일 이인자 4
천하제일 이인자 3
천하제일 이인자 2
천하제일 이인자 1

천하제일 이인자 9

초판 1쇄 발행 2023년 8월 1일

지은이_ 월영신
발행인_ 최원영
편집장_ 이호준
편집부_ 유석희 송영규 강진경
편집디자인_ 한방울
영업_ 김민원

펴낸곳_ (주) 디앤씨미디어
등록_ 2002년 4월 25일 제 20-260호
주소_ 서울시 구로구 디지털로 26길 111 JnK디지털타워 503호
전화_ 02-333-2513(대표)
팩시밀리_ 02-333-2514
E-mail_ seed_dnc@dncmedia.co.kr
블로그_ blog.naver.com/gnpdl7

ISBN 979-11-6145-510-5 04810
ISBN 979-11-6145-201-2 세트